从领口开始的棒针编织

（增订版）

日本宝库社　编著

蒋幼幼　译

河南科学技术出版社

·郑州·

无须接合肩部、缝合胁部、拼接袖子

所谓"从领口开始编织"，顾名思义，就是从领窝部位起针后开始编织。
先编织育克，接着编织身片和袖子。省去了烦琐的拼接和缝合步骤，编织起来更加得心应手。

简单易行的尺寸调整方法

与从下摆开始编织的毛衣相比，"从领口开始编织"的毛衣尺寸调整简单易行，这也是其备受编织者欢迎的奥秘所在。
因为是从领口往下摆方向编织，可以一边编织一边按自己的尺寸调整衣宽和衣长。

育克花样的编织乐趣

从领口开始编织的毛衣分为两种：
一种是结合花样均匀加针的圆育克毛衣，
另一种是在身片与袖子的交界处加针的插肩袖毛衣。
两种都是在编织过程中逐渐呈现出育克花样，可以从中感受到编织的乐趣。

※日文原著是2011年11月9日发行的同名图书的增补修订版。

目录

锯齿花样的圆育克毛衣…4

菱形花样的圆育克毛衣…6

混合花样的圆育克毛衣…8

麻花花样的插肩袖毛衣…20

麻花花样的插肩袖开衫…22

阿兰花样的插肩袖毛衣…24

费尔岛配色花样的毛衣…34

费尔岛配色花样的长款背心…38

费尔岛配色花样的无纽扣短上衣…39

洛皮毛衣…44

洛皮开衫…48

洛皮斗篷…49

阿兰花样的圆育克毛衣…52

阿兰花样的长款背心…56

阿兰花样的斗篷…57

树叶花样的圆育克毛衣…60

树叶花样的圆育克开衫…64

制作方法

从领口开始编织的圆育克毛衣…10

从领口开始编织的插肩袖毛衣…26

编织基础技法

棒针编织基础…90

简单易行的尺寸调整方法…95

锯齿花样的圆育克毛衣

富有韵味的芥末黄色毛衣可以为基础穿搭增添一抹亮色，成为全身的焦点。
宽大的领窝和七分长的直筒袖给人休闲的感觉。

设计…风工房　编织方法…p.86

样片为实物大小

使用线··和麻纳卡 Amerry
羊毛 70%（新西兰美利奴羊毛），腈纶
30%
40g/ 团，约 110m
中粗，棒针 6~7 号
这是由新西兰美利奴羊毛和富有蓬松感
的腈纶混纺而成的手编线。手感舒适，
具有良好的保湿性。由上、下针组成的
朴实花样也能表现出丰富的纹理效果。

菱形花样的圆育克毛衣

海军蓝色、蓝色、柠檬黄色的小菱形配色花样让人赏心悦目。
调整花样的颜色和尺寸，改编成男士毛衣也很不错。
设计…风工房　编织方法…p.71

使用线⋯和麻纳卡 Amerry
羊毛 70%（新西兰美利奴羊毛），腈
纶 30%
40g/ 团，约 110m
中粗，棒针 6~7 号
由新西兰美利奴羊毛和富有蓬松感的
腈纶混纺而成。容易编织，很少劈线，
色彩也很丰富。明亮的柠檬黄色犹如
星光闪烁。

混合花样的圆育克毛衣

随着育克的展开，八字形的交叉麻花和梯形花样逐渐放大。
为了使初学者也能学会编织，特意为这款作品准备了步骤详解。

设计…冈本真希子　编织方法…p.11

使用线⋯和麻纳卡 Sonomono Alpaca Wool
〈中粗〉
羊毛 60%、羊驼绒 40%
40g/团，约92m
中粗，棒针 6~8 号
不使用任何染料，直接用原毛本来的颜色
混纺而成，充分展现了原材料的质感。粗
细适中，容易编织，非常适合初学者。

制作方法
从领口开始编织的圆育克毛衣

上下颠倒的制图中有很多对齐标记。看着编织图，心里或许会闪过一个个问号吧。
本书介绍的是从领口开始编织的毛衣，其最大的特点就是无须拼接或缝合，编织起来极为简单。
这种巧妙的编织方法让人茅塞顿开，热衷于此的朋友应该也不少。
初学毛衣编织的读者也能学会，一起感受"从领口开始编织"的乐趣吧。

开始编织前

◎工具

①环针或者4根一组的棒针…环针有40cm、60cm、80cm等长度，根据编织尺寸选择合适的环针。如果编织尺寸小于环针的长度，请使用4根一组的棒针。无论用环针编织还是棒针编织都不影响织物的效果，选择方便使用的针即可。

②剪刀…建议使用比较锋利的手工艺专用剪刀。

③针帽（堵头）…插在针头，可以防止针上的针目脱落。

④针数记号圈…套在针上用作编织起点与编织终点的标记。如果没有记号圈，也可以用线打结成环形代替。

⑤钩针…用来钩织起针的锁针。请选择比所用棒针粗1号左右的钩针。

⑥缝针…用于线头的处理。

⑦麻花针…用于编织麻花花样时非常方便。

⑧起针用的另色线…因为后面还要拆除，所以使用与作品粗细差不多、不同颜色的线起针，最好是不易劈线的棉线或者捻度较强的线。

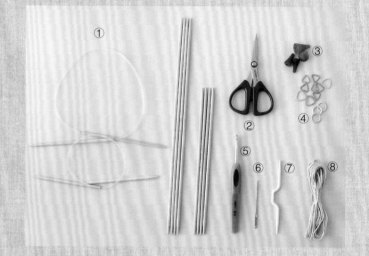

毛衣的组成部分和名称

右袖　腋下　胸围　袖口　前面

衣领　育克　连肩袖长　左袖　前后差　腋下　衣长　身片　下摆　袖口　后面

编织顺序

教程 1
编织育克 → p.12
在领窝起针，
环形编织育克。

教程 2
编织身片 → p.14
将育克分成袖子和身片，
在后身片编织前后差。
前、后身片之间的腋下部分
钩织锁针起针，
然后从锁针上挑针，
将前、后身片连接成环形，
一圈圈地环形编织至下摆。

教程 3
编织袖子 → p.17
从育克休针的袖子部分、
前后差、腋下挑取针目，
环形编织至袖口。

教程 4
编织衣领 → p.19
解开领窝的起针，
挑取针目后，环形编织衣领。

混合花样的圆育克毛衣 …图片 p.8

● 材料和工具 线…和麻纳卡 Sonomono Alpaca Wool〈中粗〉浅灰色（62）380g/10团 针…棒针7号（60cm、40cm的环针或者4根一组的棒针）、6号（60cm、40cm的环针或者4根一组的棒针）
● 成品尺寸 胸围95cm，衣长48.5cm，连肩袖长68.5cm
※ 胸围…后身片（从育克挑针41.5cm+ 腋下 6cm）+ 前身片（从育克挑针 41.5cm+ 腋下 6cm）=95cm
※ 衣长…育克长 16cm+ 前后差 3cm+ 胁边长 29.5cm=48.5cm
※ 连肩袖长…领窝的尺寸（84cm – 18cm，衣领挑针时进行调整）÷6+ 育克长 16cm+ 袖长 41.5cm=68.5cm

● 编织密度 10cm×10cm 面积内:下针编织 19 针,28 行;编织花样 21 针,27.5 行
※ 表示下针编织的织物在 10cm×10cm 面积内的针数有 19 针，行数有 28 行。
※ 编织密度表示针目的大小，为编织出标注尺寸提供参考。试编样片的针数和行数多于指定密度内的针数和行数时，换成粗 1 号的针编织；少于指定密度内的针数和行数时，换成细 1 号的针编织，按此要领进行适当调整。
● 编织要点
请参照 p.12 的步骤编织。

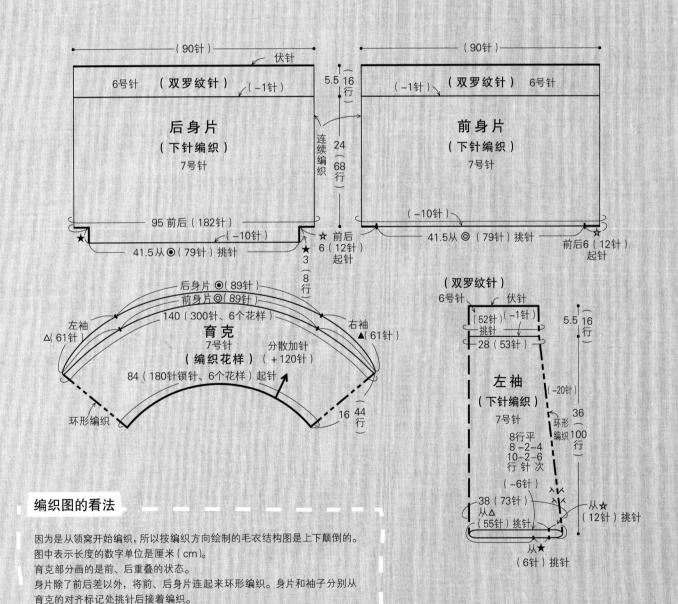

编织图的看法

因为是从领窝开始编织，所以按编织方向绘制的毛衣结构图是上下颠倒的。
图中表示长度的数字单位是厘米（cm）。
育克部分画的是前、后重叠的状态。
身片除了前后差以外，将前、后身片连起来环形编织。身片和袖子分别从育克的对齐标记处挑针后接着编织。
袖子画的是左袖。左、右袖的结构相同，注意腋下要对称挑针。

编织育克

育克…一共有6个花样。在领窝另线锁针起针，参照图示通过麻花花样两侧的卷针加针以及镂空花样中的挂针加针逐渐放大织物。编织结束时将线剪断。

育克

编织花样 育克

身片中心

1个花样，重复6次

连续编织

编织起点

编织起点

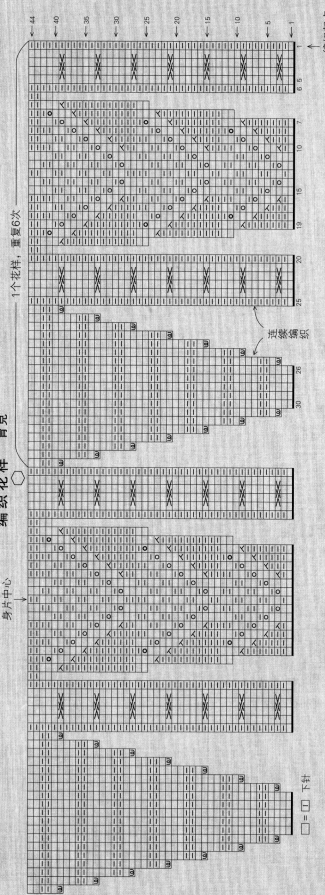

□ = | 下针

在领窝起针

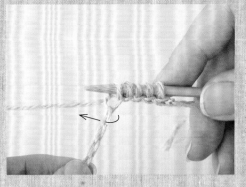

从锁针的终点那一端开始，在锁针的里山插入针头，一针一针地挂线拉出。如果不从终点一端开始挑针，后面另线锁针就无法解开，所以要注意挑针的起点位置。

◎另线锁针起针

因为后面要解开起针编织衣领，所以采用另线锁针起针的方法开始编织。
另线锁针使用比棒针粗一点的钩针钩织，或者有意识地钩松一点。
为了放心起见，最好比所需针数多起几针。

◎环形编织

从另线锁针上挑出的针目就是第1行。编织第2行前，确认起针行是否扭转，再开始环形编织。另外，环形编织时，若是行数比较多，编织起点位置容易弄错。不妨在换行位置放入针数记号圈作为一行的编织终点标记。

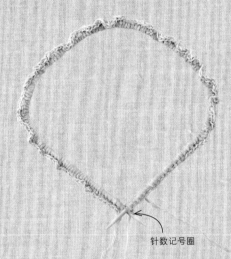

环针…尺寸小巧，随身携带也很方便。一般情况下，环针比编织尺寸还要长时无法使用，太短了又很不方便。所以，请根据作品需要多准备几根不同长度的环针。

针数记号圈

4根一组的棒针…准备4根两端没有堵头的棒针。将所有针目平均分至3根棒针上，用第4根棒针编织。可以编织多种尺寸。

针数记号圈

育克的加针

此作品的育克部分通过在图示位置做卷针加针以及利用花样的挂针加针逐渐放大织物。

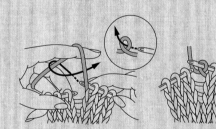

卷针

如箭头所示扭转编织线挂在右棒针上，这样就在针目与针目之间增加了1针。

挂针

如图所示在右棒针上挂线，这样就在针目与针目之间增加了1针。下一行在挂针里编织后，就会形成一个小洞。

教程 2
编织身片

将育克分成身片和袖子，在袖子部分穿入另线休针备用。

在育克的后身片部分往返编织 8 行前后差，注意在第 1 行减针。

接着在胁部另线锁针起针编织腋下针目，将前、后身片连起来环形编织。

前身片与后身片一样，也在第 1 行减针。

下摆编织双罗纹针。

第 1 行在前、后各减 1 针，编织 16 行。

编织结束时，做下针织下针、上针织上针的伏针收针。

身片

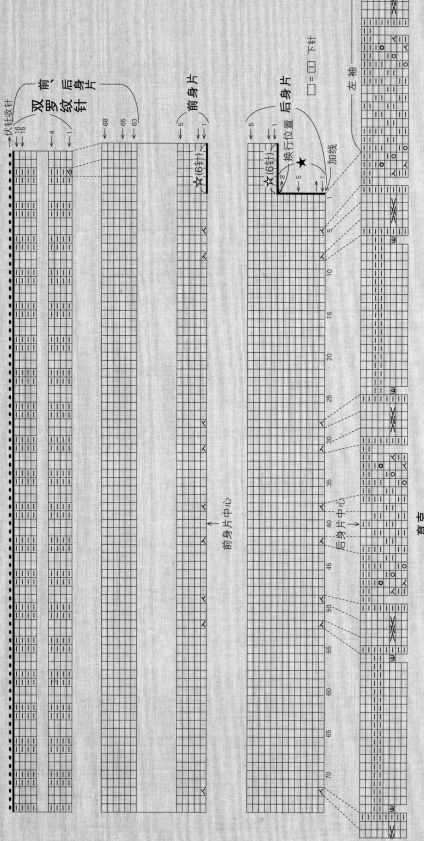

将育克分成身片和袖子

将编织起点与编织终点的换行位置放在身片的后面，将育克分成前、后身片和袖子。
左袖和右袖分别穿入另线，休针备用。

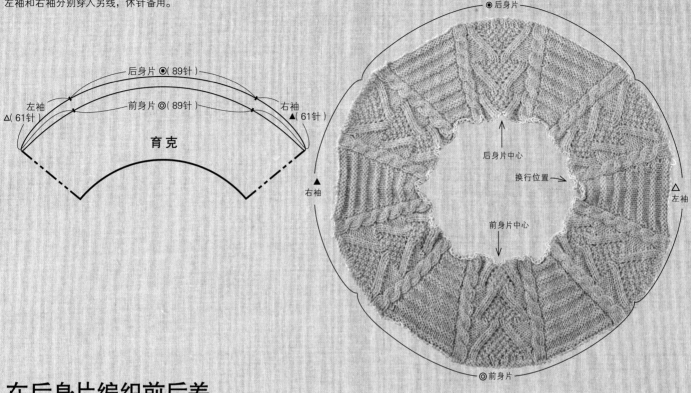

在后身片编织前后差

育克完成后，在后身片接着编织 3~5cm。
这样，毛衣更加方便穿着。

※ 为了便于理解，图中使用了与作品不同颜色的线。

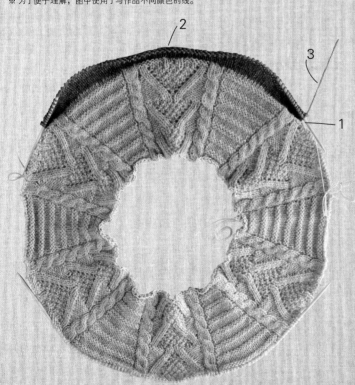

编织要点

将针目正确地移至针上

临时穿入另线休针的针目在编织前要再次
移回针上。此时，如果针目没有正确地挂
在针上，编织后的针目就会发生扭转，需
要特别注意。

正确的挂针方法

1

将花样对齐身片的中心，在后身片的编织起点位置加线。

2

从育克的编织花样过渡到身片的下针编织，密度会发生变化，
参照图示在第 1 行减针。为了避免减针位置太过明显，将花
样的下针重叠在上针上减针。

3

后身片往返编织 8 行前后差完成后，不要将线剪断，继续
编织身片。

在前、后身片之间编织腋下针目

准备 2 条 12 针的另线锁针。身片的两侧就从另线锁针上挑出腋下的针目，将前、后身片连接成环形编织。

1. 从后身片的前后差接着编织身片的第 1 行，然后从提前准备好的另线锁针上挑取右侧腋下的针目。

2. 腋下的 12 针挑针完成。接着编织前身片，第 1 行与后身片一样减针。

3. 前身片的针目编织完成后，挑取左侧腋下的针目。在编织起点与编织终点的换行位置放入针数记号圈，作为一行的编织终点标记。

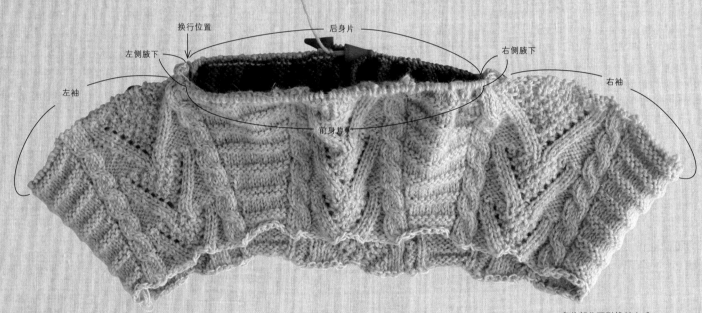

身片部分环形挑针完成。将前、后身片连起来，一圈圈地环形编织至下摆。

编织前、后身片

身片做下针编织。下针编织是所有针法的基础，与其他编织花样相比，如果有织错或不整齐的针目就会特别明显。最理想的状态是始终保持相同的密度编织。另外，换线等情况的线头如果位于身片的中间也会很明显，注意尽量在胁部等位置做线头处理。

编织要点

上线圈和下线圈

下针编织时，挂在针上的线圈叫作上线圈，中间形成的线圈叫作下线圈。解开另线锁针挑针时，就是从这个下线圈里挑针。如图所示 5 个针目的情况下，有 4 针完整的下线圈，两侧各有 1 个不完整的半针。

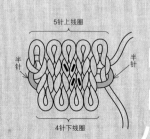

教程 3
编织袖子

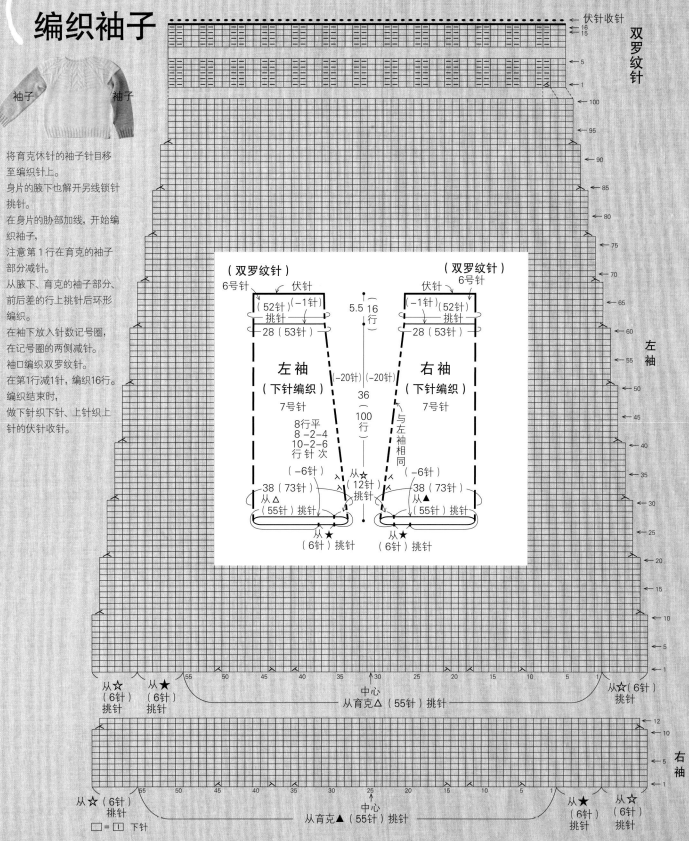

将育克休针的袖子针目移至编织针上。

身片的腋下也解开另线锁针挑针。

在身片的胁部加线，开始编织袖子，

注意第1行在育克的袖子部分减针。

从腋下、育克的袖子部分、前后差的行上挑针后环形编织。

在袖下放入针数记号圈，在记号圈的两侧减针。

袖口编织双罗纹针。

在第1行减1针，编织16行。

编织结束时，

做下针织下针、上针织上针的伏针收针。

袖子　　　袖子

伏针收针
双罗纹针

←16
←15
←5
←1
←100
←95
←90
←85
←80
←75
←70
←65
←60
←55
←50
←45
←40
←35
←30
←25
←20
←15
←10
←5
←1

左袖
右袖

（双罗纹针）　　　　　　（双罗纹针）

6号针　　伏针　　　　伏针　　6号针

（52针）（−1针）　（−1针）（52针）

挑针　　　　　　挑针

28（53针）　　　28（53针）

左袖　　　　　　　右袖
（下针编织）　　　（下针编织）

7号针　　　　　　7号针

（−20针）（−20针）

5.5（16行）

36（100行）

8行平
8−2−4
10−2−6
行针次

与左袖相同

（−6针）　　　　　（−6针）

从☆
（12针）
挑针

38（73针）　　　　38（73针）

从△　　　　　　从▲
（55针）挑针　　　（55针）挑针

从★　　　　　　从★
（6针）挑针　　　（6针）挑针

从☆　从★
（6针）（6针）
挑针　挑针

从☆（6针）
挑针

55　50　45　40　35　30　25　20　15　10　5　1

中心

从育克△（55针）挑针

←12
←10
←5
←1

右袖

从☆（6针）
挑针

55　50　45　40　35　30　25　20　15　10　5　1

中心

从育克▲（55针）挑针

从★　从☆
（6针）（6针）
挑针　挑针

□ = □ 下针

从腋下、前后差上挑针

将育克休针的袖子针目移至针上，
再从腋下和前后差上挑针，环形编织至袖口。
前后差部分的针目加在后侧的袖宽上。

腋下

腋下12针+边上的半针

← 编织2针并1针

左袖 ···在袖下加线→前片腋下→育克的袖子部分→前后差→后片腋下

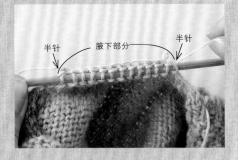

半针　腋下部分　半针

1. 在腋下的针目里插入棒针，解开起针的另线锁针。因为腋下的12针是从下线圈里挑针，这里包括两边的半针在内，一共挑取13针。

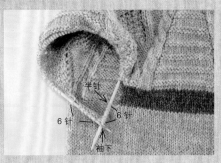

半针

6针　6针

袖下

2. 在袖下加线开始编织。袖下位于腋下的正中间。将下线圈的半针分到后侧的袖子上。

育克的边针

前片腋下的
最后一针

3. 从腋下接着编织育克部分。为了防止腋下与育克交界处形成小洞，将前片腋下的最后一针重叠在育克边针的下线圈上一起挑针编织。

4. 一边减针一边编织育克的袖子部分，接着从前后差的行上挑针。在侧边1针的内侧插入棒针，将线拉出。

5. 前后差上的最后一针是将腋下的下线圈（边上的半针）重叠在后面一起挑针。

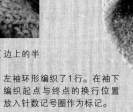

左袖环形编织了1行。在袖下编织起点与终点的换行位置放入针数记号圈作为标记。

右袖 ···在袖下加线→后片腋下→前后差→育克的袖子部分→前片腋下

6针　6针

袖下

1. 与左袖一样，在育克的袖子部分以及腋下的针目里插入棒针，然后在袖下加线开始编织。

2. 前后差上的第一针是将腋下的下线圈重叠在后面一起挑针。

右袖环形编织了1行。在袖下的换行位置放入针数记号圈作为标记。

袖子的减针

在袖下换行位置的针数记号圈的两侧减针。
要点是立起袖下中心的 2 针减针。

立起中心 2 针减针 预先放入针数记号圈，以免中心错位。

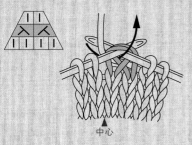

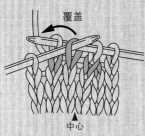

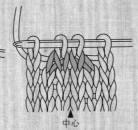

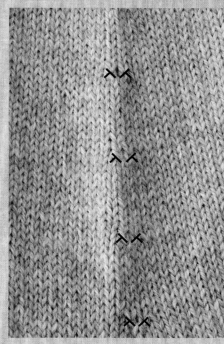

1. 在中心前面的 2 针里一起插入棒针编织。这就是左上 2 针并 1 针。

2. 滑过下一针，编织第 2 针后，将刚才移过来的针目覆盖在已织针目上。这就是右上 2 针并 1 针。

3. 减针后，中心的 2 针位于上方。

衣领

袖下

教程 4
编织衣领

一边解开育克起针时的锁针一边挑针，环形编织衣领。
在第 1 行减针至指定针数，编织 10 行双罗纹针。
编织结束时，做下针织下针、上针织上针的伏针收针。

双罗纹针

□ = ① 下针

衣领 （双罗纹针） 6号针

伏针

（108针）挑针

10 行
3.5

衣领的挑针

从另线锁针的编织终点一端开始解开。
注意不要一次性解开，以免针目脱落。

1. 从另线锁针的编织终点一端开始挑针。先将育克编织起点的线头挂在针上。

2. 一边一针一针地解开另线锁针，一边挑针。注意入针方向，确保针目正确地挂在针上。

3. 衣领的针目挑针完成。在编织起点与终点的换行位置放入针数记号圈。加入编织线，将育克的线头与第 1 针重叠在一起编织。

麻花花样的插肩袖毛衣

这款毛衣的身片是变化的穿针交叉花样（缩褶花样），袖子是别致的麻花花样，编织过程充满乐趣。
边缘装饰很特别，嫩粉色在炭灰色的底色中若隐若现。

设计…yohnKa　编织方法…p.78

使用线…芭贝 Julika Mohair
马海毛 86%（使用 100% 顶级幼马海毛）、羊毛
8%（使用 100% 超细美利奴羊毛）、锦纶 6%
40g/ 团，约 102m
中粗，棒针 8~10 号
使用顶级幼马海毛和超细美利奴羊毛等高级原材
料加工而成，最大的特点是织物轻柔、手感舒适。
粗犷的麻花花样也呈现出丰富的纹理效果。

样片为实物大小

麻花花样的插肩袖开衫

这是一款十分宽松的开衫，虽然加入了很多大型花样，织物却非常轻柔。
既可以单穿，也可以作为秋天的轻便外套或者临时外出时穿着。

设计…yohnKa　编织方法…p.74

使用线···芭贝 Julika Mohair
马海毛86%（使用100% 顶级幼马海毛 ）、
羊毛 8%（使用 100% 超细美利奴羊毛）、
锦纶 6%
40g/团，约102m
中粗，棒针 8~10 号
使用顶级幼马海毛和超细美利奴羊毛等
高级原材料加工而成，最大的特点是织
物轻柔、手感舒适，可以编织出丰富的
纹理效果。

样片为实物大小

阿兰花样的插肩袖毛衣

原白色毛衣充分展现了原材料的质感，立体的编织花样格外精美。
后身片也排列了紧凑的花样，这款设计更适合经验比较丰富的编织者。
后面将以分步骤详解的方式为大家介绍。

设计…河合真弓　制作…远藤阳子　编织方法…p.27

使用线…和麻纳卡 Sonomono Alpaca
Wool
羊毛 60%、羊驼绒 40%
40g/团，约60m
极粗，棒针 10~12 号
不使用任何染料，直接用原毛混纺而
成，充分展现了原材料的质感。即使
简单的基础花样也能编织出极富存在
感的作品。

样片为实物大小

制作方法
从领口开始编织的插肩袖毛衣

除了圆育克毛衣外，"从领口开始编织"的另一个运用就是编织插肩袖毛衣。
编织圆育克毛衣时，结合花样在整个育克部分均匀加针逐渐放大。
与此相对，编织插肩袖毛衣时，在身片和袖子的交界处加针，呈四边形逐渐放大。
这个加针位置的切换线叫作插肩线，是毛衣的设计重点。

毛衣的组成部分和名称

衣领
插肩线
右袖
腋下
胸围
袖口

前面

衣领
育克
前后差
左袖
腋下
插肩线
衣长
身片
袖口
连肩袖长

后面

编织顺序

教程 1

编织育克 → p.28

在领窝起针，
环形编织育克。
育克是在身片和袖子的
交界处加针。

教程 2

编织身片 → p.30

将育克分成身片和袖子，
在后身片编织前后差。
前、后身片之间的腋下部分
钩织锁针起针，
然后从锁针上挑针。
将前、后身片连接成环形，
一圈圈地环形编织至下摆。

教程 3

编织袖子 → p.32

从育克休针的袖子部分、
前后差、腋下挑取针目，
环形编织至袖口。

教程 4

编织衣领 → p.33

解开领窝的起针，
挑取针目后，环形编织衣领。

阿兰花样的插肩袖毛衣 …图片 p.24

● **材料和工具** 线…和麻纳卡 Sonomono Alpaca Wool 原白色（41）
580g/15 团 针…棒针 10 号（60cm、40cm 的环针或者 4 根一组的棒针）、
9 号（60cm、40cm 的环针或者 4 根一组的棒针）
● **成品尺寸** 胸围 90cm、衣长 60cm、连肩袖长 74cm
※ 胸围…后身片（从育克挑针 40cm+ 腋下 5cm）+ 前身片（从育克挑针
40cm+ 腋下 5cm）=90cm
※ 衣长…袖子上的领窝尺寸 8cm÷2+ 育克长 18cm+ 前后差 3cm+ 胁边长
35cm=60cm
※ 连肩袖长…领窝尺寸 18cm÷2+ 育克长 18cm+ 袖长 47cm=74cm

● **编织密度** 10cm×10cm 面积内：下针编织 16 针，20 行
※ 表示下针编织的织物在 10cm×10cm 内的针数有 16 针，行数有 20 行
※ 编织密度表示针目的大小，为编织出标注尺寸提供参考。当自己试编样
片的针数和行数多于指定密度内的针数和行数时，换成粗 1 号的针编织，
少于指定密度内的针数和行数时，换成细 1 号的针编织，按此要领进行适
当调整
● **编织要点**
请参照 p.28 的步骤编织。

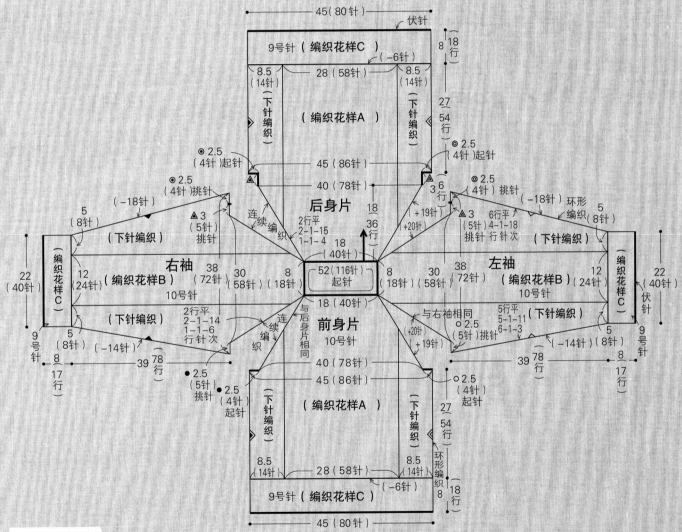

编织图的看法

图中表示长度的数字单位是 cm（厘米）。
除了后身片的前后差以外，育克、身片、袖
子全部是环形编织。虽然制图中身片和袖子
画的是展开状态，实际上图中的对齐标记处
要连续编织。另外，插肩袖育克的特点是无
论什么花样都在身片和袖子的交界处加针。

教程 1
编织育克

育克

育克做编织花样 A、B 和下针编织。在领窝另线锁针起针后开始编织。

立起身片和袖子交界处的 6 针作为插肩线，一边在其两侧做卷针加针一边环形编织。

注意"卷针的方向"。

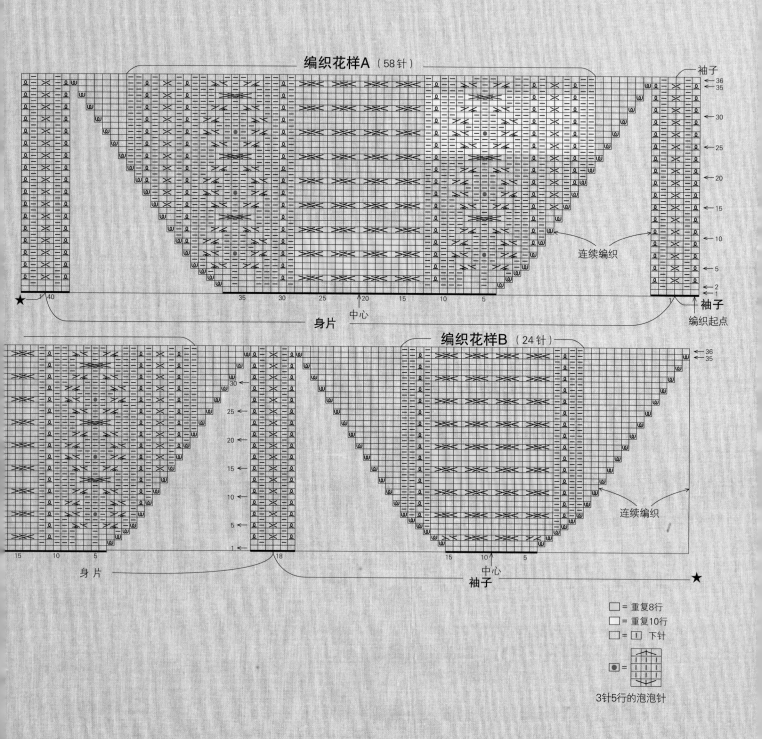

编织花样A（58针）

袖子

身片　中心　袖子

连续编织

编织起点

编织花样B（24针）

身片　中心　袖子

连续编织

★

□ = 重复8行

□ = 重复10行

□ = Ⅰ 下针

●= 3针5行的泡泡针

在领窝起针

因为后面要解开起针编织衣领，
所以采用另线锁针起针的方法开始编织。
如果使用环针，先用 40cm 长的环针挑针，
等针数变多后再换成 60cm 长的环针编织。
或者使用 4 根一组的棒针。
在插肩线 6 针的两侧放入针数记号圈，
作为加针位置的标记。
在编织起点与编织终点的换行位置，
请放入不同颜色或大小的记号圈。

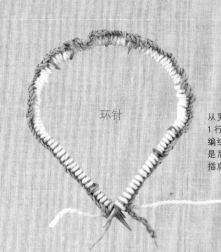

环针

4 根一组的棒针

从另线锁针上挑针的第
1 行完成。编织起点与
编织终点的换行位置就
是后身片与左袖之间的
插肩线位置。

插肩线的加针

插肩袖育克无论什么花样都在插肩线（4 处）的同一行上加针，加针位置清晰明了。
插肩线的加针都是 1 行加 8 针，
所以一般每隔 1 行加一次针，逐渐放大。
另外，为了避免换行位置编织终点的卷针与编织起点的卷针出现错行现象，
编织终点可以提早 1 行加针。

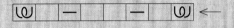

插肩线的加针要点在于卷针的方向。
制作线圈时，连接插肩线一侧的线总是交叉在上方。

1. 扭转编织线编织线圈，连接左侧的线位于上方。这
就是左上卷针加针。

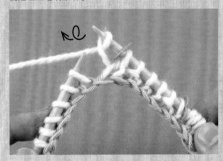

2. 扭转编织线编织线圈，连接右侧的线位于上方。这
就是右上卷针加针。

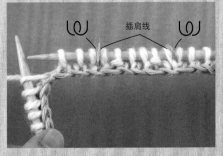

插肩线

3. 插肩线两侧的卷针方向呈左右对称编织。

教程 2
编织身片

将育克分成袖子和身片，在袖子部分穿入另线休针备用。在育克的后身片往返编织 6 行前后差。
在身片的胁部另线锁针起针编织腋下针目，将前、后身片连起来环形编织。
接下来，注意前、后身片的花样是错开的（因为有 6 行的前后差）。
下摆按编织花样 C 编织。编织结束时，按前一行的针目一边编织一边做伏针收针。

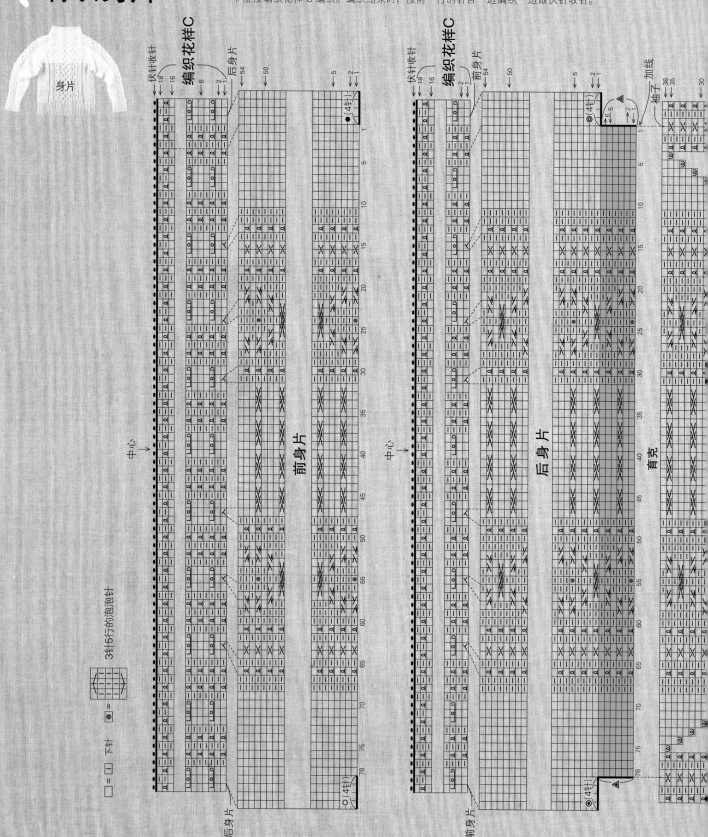

身片

□ = □ 下针
□ = ● 上针

3针5行的泡泡针

将育克分成身片和袖子

将编织起点与编织终点的换行位置（插肩线）放在身片的后面，
将育克分成前、后身片和袖子。
左袖和右袖分别穿入另线，休针备用。

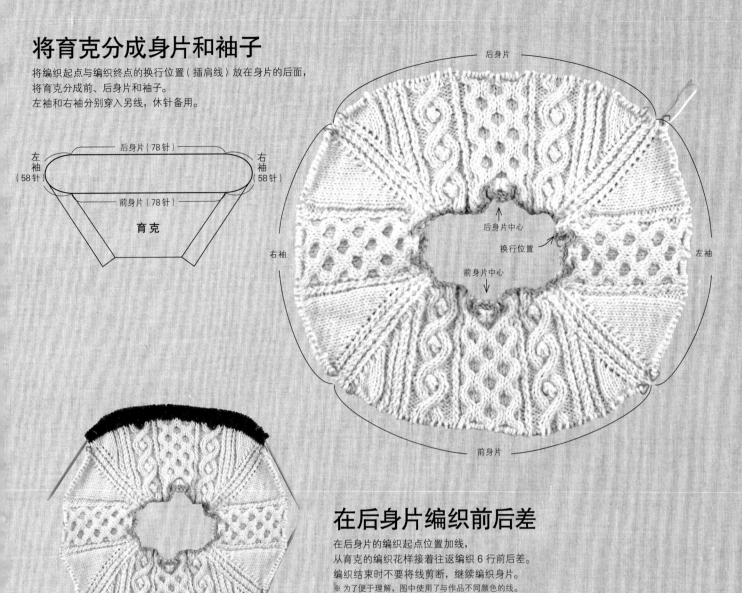

后身片（78针）
左袖（58针）
右袖（58针）
前身片（78针）
育克

后身片
后身片中心
换行位置
前身片中心
右袖
左袖
前身片

在后身片编织前后差

在后身片的编织起点位置加线，
从育克的编织花样接着往返编织6行前后差。
编织结束时不要将线剪断，继续编织身片。
※ 为了便于理解，图中使用了与作品不同颜色的线。

在前、后身片之间编织腋下针目

准备2条8针的另线锁针。身片的两侧就从另线锁针上挑出腋下的针目，将前、后身片连接成环形编织。

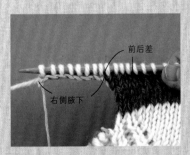

前后差
右侧腋下

1.从后身片的前后差接着编织身片的第1行，
然后从提前准备好的另线锁针上挑取右侧
腋下的针目。

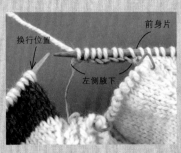

换行位置
前身片
左侧腋下

2.前身片的针目编织完成后，挑取左侧腋下
的针目。在编织起点与终点的换行位置放入
针数记号圈，作为一行的编织终点标记。

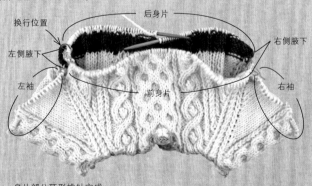

换行位置
后身片
左侧腋下
右侧腋下
左袖
前身片
右袖

身片部分环形挑针完成。
将前、后身片连接来，一圈圈地环形编织至下摆。

（教程 3
编织袖子

将育克休针的袖子针目以及身片的腋下针目移至编织针上。
在腋下中心加线开始编织，再从前后差上挑针后环形编织。
为了使袖子的编织花样 B 位于袖山中心，注意袖下左右两边的减针数不同。

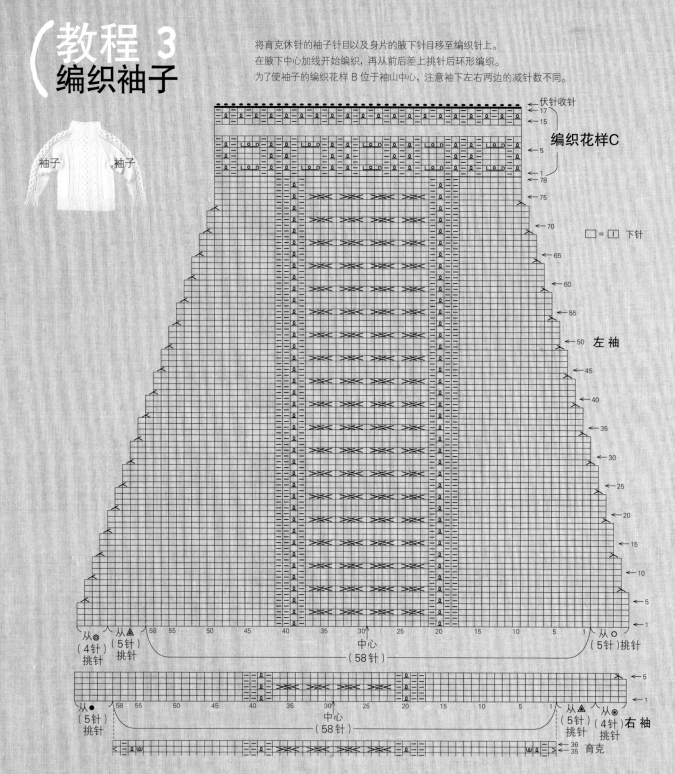

袖子　　　袖子

编织花样C

伏针收针

□ = Ⅰ 下针

左袖

从◎
（4针）
挑针

从▲
（5针）
挑针

中心
（58针）

从○
（5针）挑针

从●
（5针）
挑针

中心
（58针）

从▲
（5针）
挑针

从◎
（4针）
挑针

右袖

育克

从腋下、前后差上挑针

将育克休针的袖子针目移至编织针上，再从腋下和前后差上挑针，环形编织至
袖口。前后差部分的针目加在后侧的袖宽上。

解开身片腋下8针的另线锁针，从下线圈里挑针（参照 p.16）。下线圈包
括边上的半针在内一共挑取9针，分成前片腋下（5针）和后片腋下（4
针）。

半针　　8针下线圈

左袖…在袖下加线→前片腋下→育克的袖子部分→前后差→后片腋下

右袖…在袖下加线→后片腋下→前后差→育克的袖子部分→前片腋下

左袖环形编织了1行。在左袖下编织起点与编织终点的换行位置放入针数记号圈作为标记。

袖下的减针

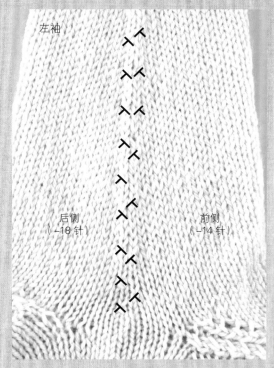

左袖

后侧
（-18针）

前侧
（-14针）

在换行位置针数记号圈的两侧，立起袖下中心的2针减针（参照p.19）。

为了使编织花样B位于袖山的中心，分别在后侧减18针，在前侧减14针。注意袖下左右两边的减针频率不同。

教程 4
编织衣领

衣领

一边解开育克起针时的锁针一边挑针，按编织花样C环形编织17行。编织结束时，按前一行的针目一边编织一边做伏针收针。

衣领（编织花样C）

9号针
伏针
7（17行）

（96针）挑针

编织花样C

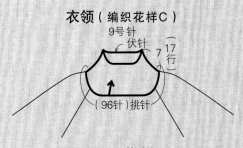

□ = ① 下针

衣领的挑针

1.将育克编织起点的线头挂在针上。一边一针一针地解开起针时的锁针，一边挑针。注意入针方向，确保针目正确地挂在针上。

2.衣领的针目挑针完成。在编织起点与编织终点的换行位置放入针数记号圈。编织第1行时，将育克编织起点的线头与第1针重叠在一起编织。

费尔岛配色花样的毛衣

这款圆育克毛衣用自然的色调表现出了费尔岛花样中特别经典的马赛克花样，非常漂亮。
配色编织部分是两款很受欢迎的图案：八芒星和生命之树。

设计…风工房　编织方法…p.36

使用线…芭贝 Queen Anny
羊毛 100%
50g/ 团，约 97m
中粗，棒针 6~7 号
兼具韧性和柔软性，无论是配色花样
还是基础花样，都可以编织出精美的
作品。颜色丰富、色彩鲜艳也是这款
线材的魅力。

样片为实物大小

费尔岛配色花样的毛衣 ···图片 p.34

● **材料和工具** 线…芭贝Queen Anny 米色（955）480g/10团，原白色（802）40g/1团、红褐色（817）、苔绿色（971）、深褐色（831）、姜黄色（104）、砖红色（818）各10g/各1团 针…棒针6号、5号、4号

● **成品尺寸** 胸围88cm，衣长53.5cm，连肩袖长73cm

● **编织密度** 10cm×10cm面积内：下针编织24针，32行；配色花样24针，26行

● **编织要点** 下摆、袖口编织结束时，按前一行的针目一边编织一边做伏针收针。育克…手指挂线起针后连接成环形，从衣领的单罗纹针开始编织。接着，一边在图示位置做卷针加针（参照p.29），一边按配色花样编织34行。将育克分成袖子和身片。身片…在育克的后身片往返编织前后差。再与身片和袖子部分连起来环形编织14行。此时，袖子的育克部分在图示位置做卷针加针，同时从前后差上挑取针目。再次将针目分成袖子和身片，袖子部分休针备用。在身片的胁部编织腋下针目，将前、后身片连起来环形编织至下摆。袖子…从育克休针的袖子部分以及腋下挑取针目，环形编织至袖口。

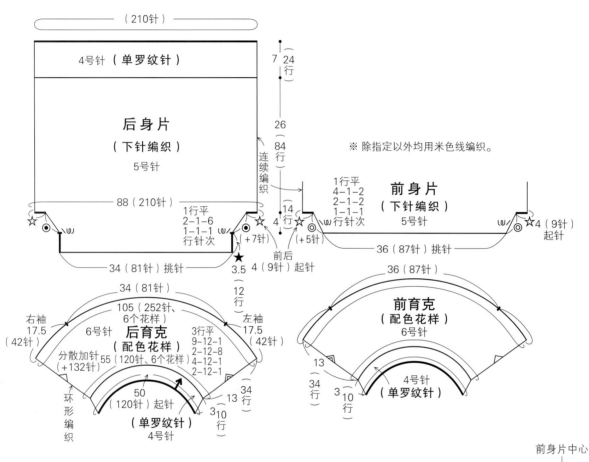

* 袖子的编织方法见 p.81

单 罗 纹 针

□=Ⅰ 下针

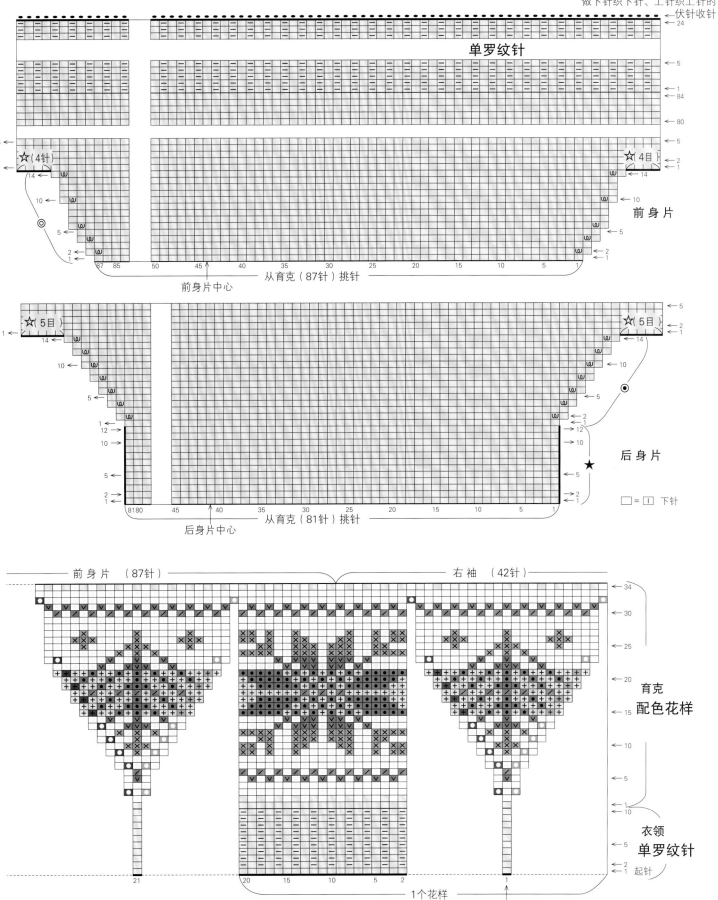

做下针织下针、上针织上针的
伏针收针

单罗纹针

☆（4针）

前身片

从育克（87针）挑针

前身片中心

☆（5目）

后身片

□ = 下针

从育克（81针）挑针

后身片中心

前身片（87针）　　　右袖（42针）

育克
配色花样

衣领
单罗纹针

起针

1个花样

编织起点

费尔岛配色花样的长款背心

将 p.34 的毛衣改编成了清凉的灰蓝色长款背心。
A 字形的宽松款式可以巧妙地修饰体型。

设计…风工房　使用线…芭贝 Queen Anny　编织方法…p.40

费尔岛配色花样的无纽扣短上衣

这款无纽扣短上衣将育克中心的八芒星图案在前身片相互重叠，设计十分优雅。
收拢袖口的泡泡袖以及钩针编织的褶边增添了几分甜美的少女气息。
设计…风工房　使用线…芭贝 Queen Anny　编织方法…p.42

费尔岛配色花样的长款背心 …图片 p.38

●**材料和工具** 线…芭贝Queen Anny 灰蓝色（951）380g/8团，原白色（802）40g/1团、黄绿色（935）、萌黄色（957）、淡黄色（892）、玫红色（897）、孔雀蓝色（962）各10g/各1团 针…棒针6号、5号、4号

●**成品尺寸** 胸围88cm，衣长61cm，连肩袖长28cm

●**编织密度** 10cm×10cm面积内：下针编织24针，32行；配色花样24针，26行

●**编织要点** 下摆、袖口编织结束时，按前一行的针目一边编织一边做伏针收针。育克…手指挂线起针后连接成环形，从衣领的单罗纹针开始编织。接着，一边在图示位置做卷针加针（参照p.29），一边按配色花样编织34行。将育克分成袖子和身片，袖子部分休针备用。身片…在育克的后身片往返编织12行前后差。接着，前、后身片分别一边加针一边往返编织14行。在身片的胁部制作腋下针目，将前、后身片连起来环形编织至下摆。袖口…从育克休针的袖子部分、腋下、前后差上挑取针目，环形编织单罗纹针。

* 前身片的编织方法见 p.69

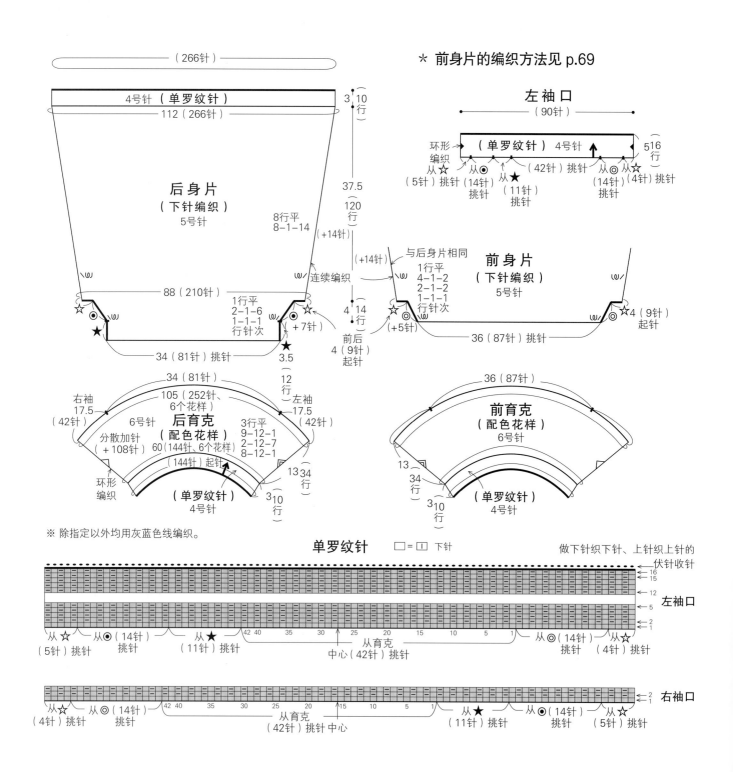

※ 除指定以外均用灰蓝色线编织。

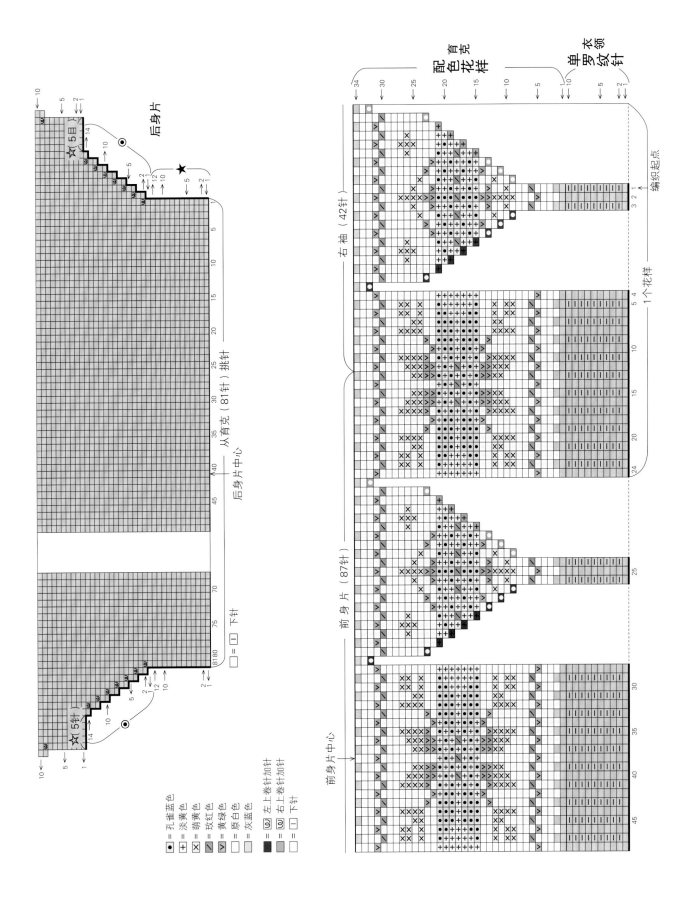

配色花样

育克

单罗纹针

衣领

后身片

☆(5日)14

后身片中心

从育克（81针）挑针

□=□ 下针

● = 孔雀蓝色
+ = 淡黄色
✕ = 萌黄色
╱ = 玫红色
∨ = 黄绿色
□ = 原白色
□ = 灰蓝色
■ = 左上卷针加针
■ = 右上卷针加针
□ = 下针

右袖（42针）

编织起点

1个花样

前身片（87针）

前身片中心

费尔岛配色花样的无纽扣短上衣 …图片 p.39

●材料和工具　线…芭贝 Queen Anny 红褐色（817）340g/7 团，原白色（802）40g/1 团，玫红色（897）15g/1 团，孔雀蓝色（962）、肉粉色（108）、淡黄色（892）、米色（955）各10g/各1 团　针…棒针6号、5号，钩针4/0 号

●成品尺寸　胸围88cm，衣长46.5cm，连肩袖长46cm

●编织密度　10cm×10cm面积内：下针编织24针，32行；配色花样24针，26行

●编织要点　育克…手指挂线起针后，从领口的起伏针开始编织。接着，一边在图示位置做卷针加针（参照 p.29），一边按配色花样编织34行。

身片…在育克的后身片往返编织前后差。再与身片和袖子连起来编织14行，注意袖子同时从前后差上挑取针目。将育克分成袖子和身片，袖子部分休针备用。在身片的胁部编织腋下针目，将前、后身片连起来编织至下摆。袖子…从育克休针的袖子部分以及腋下挑取针目后环形编织。在袖下中心2针的两侧加针，编织48行后，在起针针的第1行减针。衣领、前门襟、下摆、袖口…前门襟从身片的前端挑取针目，编织起针针调整形状后做伏针收针。然后将下摆、前门襟、衣领连起来环形钩织2行边缘编织。再在袖口环形钩织2行边缘编织。

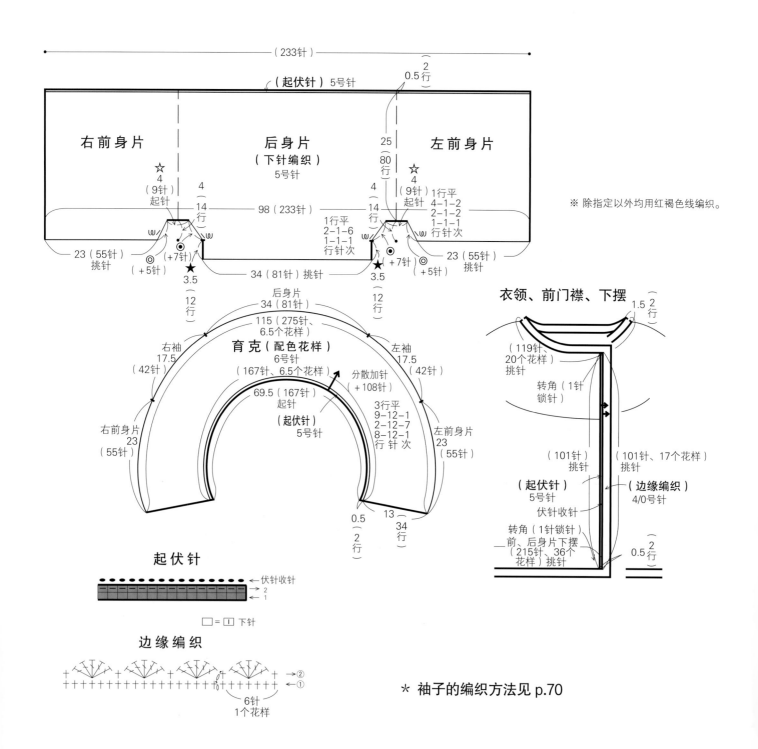

※ 除指定以外均用红褐色线编织。

起伏针

□=Ⅰ 下针

边缘编织

6针
1个花样

＊ 袖子的编织方法见 p.70

42

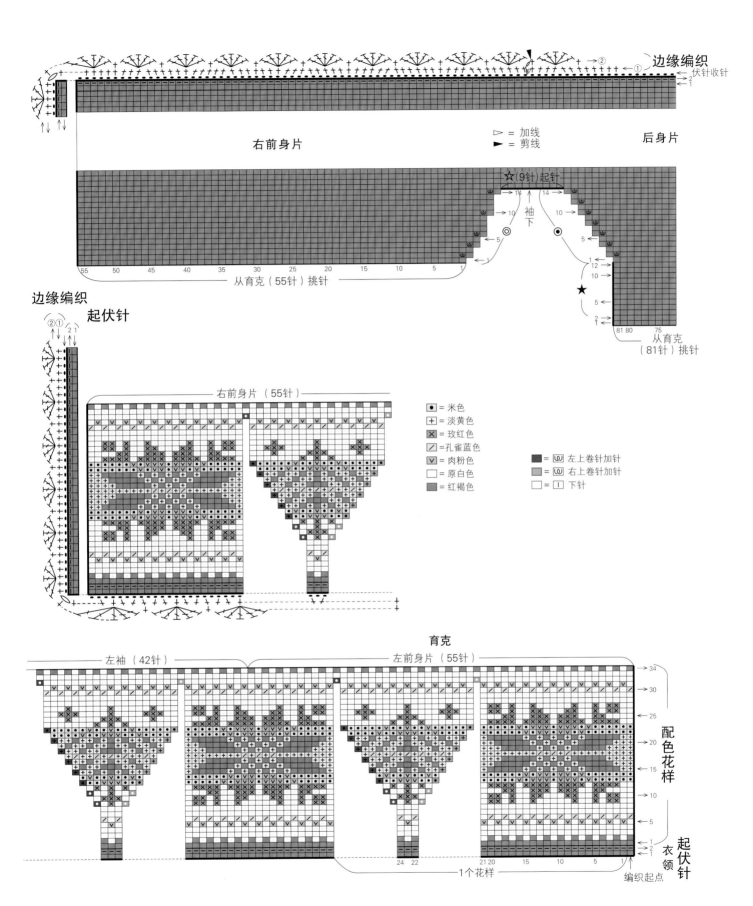

边缘编织

▷ = 加线
► = 剪线

右前身片

后身片

☆（9针）起针

袖下

从育克（55针）挑针

从育克（81针）挑针

边缘编织
起伏针

右前身片（55针）

● = 米色
+ = 淡黄色
✕ = 玫红色
╱ = 孔雀蓝色
∨ = 肉粉色
□ = 原白色
▨ = 红褐色

■ = 左上卷针加针
▨ = 右上卷针加针
□ = 下针

育克

左袖（42针）

左前身片（55针）

配色花样

起伏针

1个花样

衣领

编织起点

洛皮毛衣

这是从领口开始编织的冰岛传统毛衣，特点是圆育克的设计。
人字（鱼骨）花样、十字花样、菱形花样组成了基础的洛皮风花样。

设计…横山纯子　编织方法…p.46

使用线··内藤商事 Alafosslopi
羊毛 100%
100g/ 团，约 100m
极粗，棒针 13~15 号
产自冰岛的洛皮毛线。富有弹性的
北欧羊毛最适合用来编织传统洛皮
毛衣了。

样片为实物大小

洛皮毛衣 ···图片 p.44

●**材料和工具** 线…内藤商事 Alafosslopi 米色（86）460g/5 团，棕色（57）80g/1 团，深褐色（52）60g/1 团 针…棒针 14 号、12 号
●**成品尺寸** 胸围 96cm，衣长 57cm，连肩袖长 72cm
●**编织密度** 10cm×10cm 面积内：下针编织、配色花样均为 12.5 针，17 行
●**编织要点** 育克…在领窝另线锁针起针，一边在图示位置做卷针加针一边环形编织。将育克分成袖子和身片，袖子部分休针备用。身片…在育克

的后身片往返编织前后差。接着在身片的胁部另线锁针起针编织腋下针目，将前、后身片连起来环形编织至下摆。袖子…从育克休针的袖子部分、前后差，以及解开腋下的另线锁针挑取针目，环形编织至袖口。袖口的第 1 行编织下针，第 2 行一边减针一边编织单罗纹针。衣领…解开领窝的起针挑取针目后，环形编织单罗纹针。编织结束时，按前一行的针目一边编织一边松松地做伏针收针。

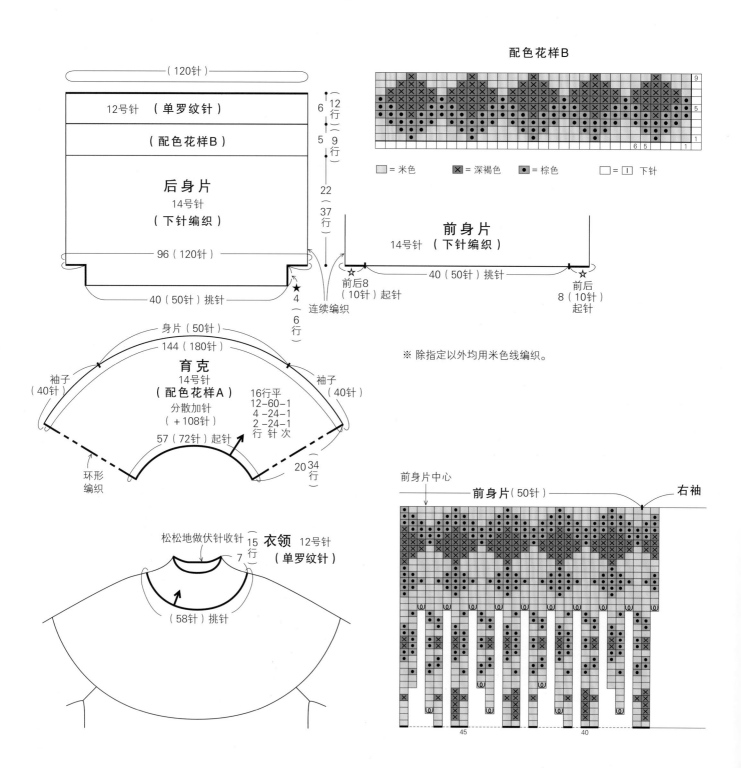

配色花样B

□ = 米色　　☒ = 深褐色　　•= 棕色　　□ = ｜ 下针

※ 除指定以外均用米色线编织。

46

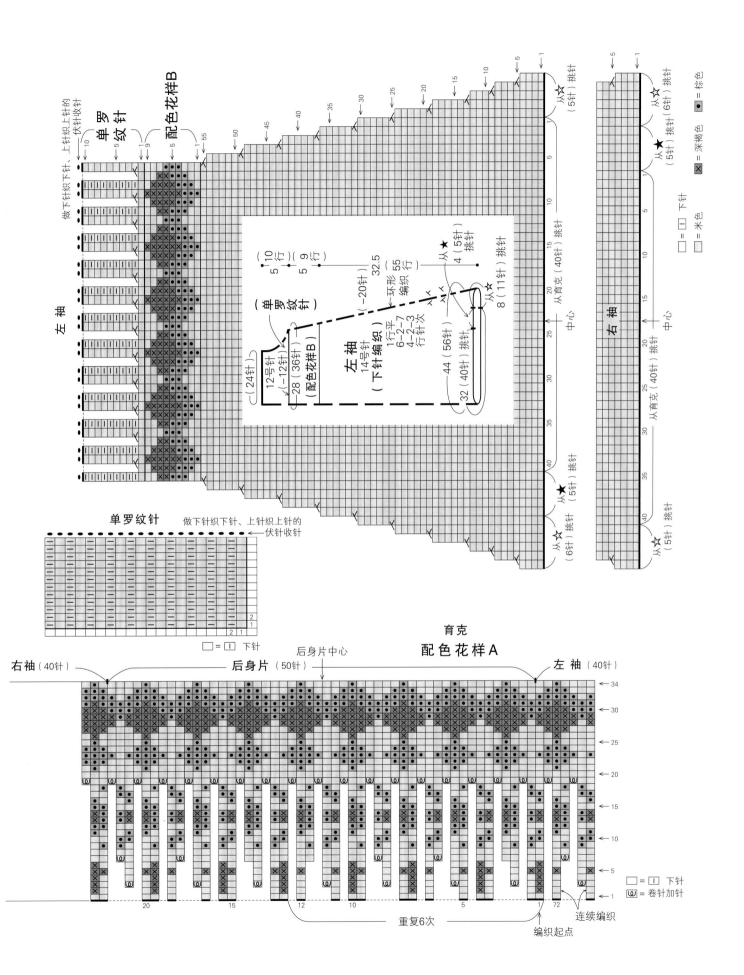

洛皮开衫

将 p.44 的毛衣改成黑灰色调配色，给人偏男性风的感觉。
宽松的毛衣可以随意穿搭，在天气开始变冷时当成外套也很方便。

设计…横山纯子　使用线…内藤商事 Alafosslopi　编织方法…p.84

洛皮斗篷

毛衣的育克部分完成后继续编织下针即可，初学者也能轻松完成。
高领的设计非常暖和，是一款可以为穿搭增添亮色的实用单品。

设计…横山纯子　使用线…内藤商事 Alafosslopi　编织方法…p.50

洛皮斗篷 …图片 p.49

●**材料和工具** 线…内藤商事 Alafosslopi 原白色（51）325g/4 团，灰棕色（85）70g/1 团，褐色（867）30g/1 团 针…棒针 14 号、12 号

●**成品尺寸** 长 34.5cm

●**编织密度** 10cm×10cm 面积内：下针编织、配色花样均为 12.5 针，17 行

●**编织要点** 斗篷…在领窝另线锁针起针，参照图示环形编织至下摆。衣领…解开领窝的起针挑取针目后，在第 1 行做卷针加针，环形编织双罗纹针。编织结束时，按前一行的针目一边编织一边松松地做伏针收针。

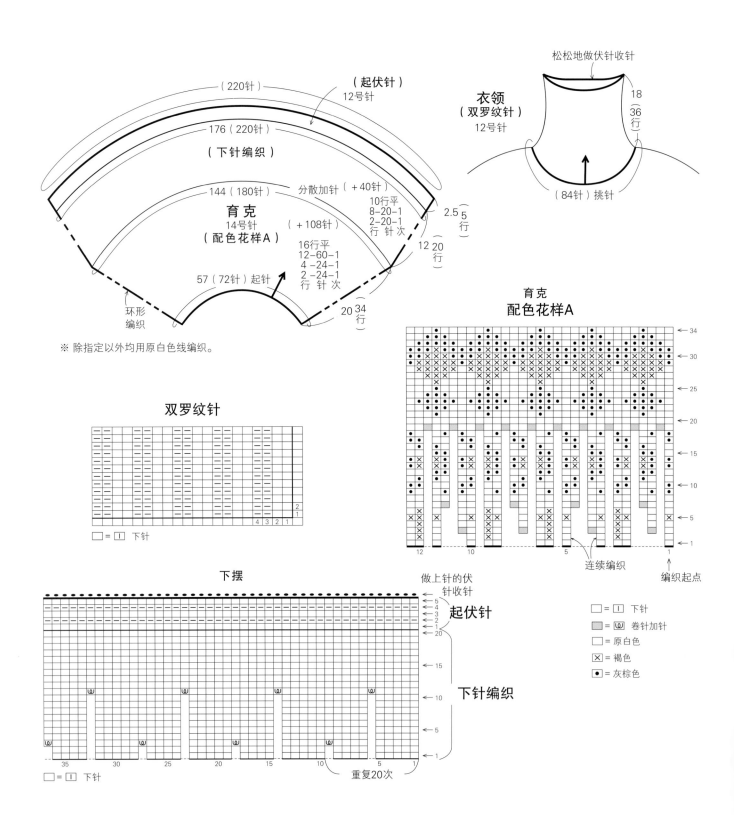

※ 除指定以外均用原白色线编织。

双罗纹针

□ = □ 下针

育克 配色花样A

□ = □ 下针
□ = ⊡ 卷针加针
□ = 原白色
☒ = 褐色
● = 灰棕色

下摆

□ = □ 下针

重复20次

＊ 接 p.54 阿兰花样的圆育克毛衣

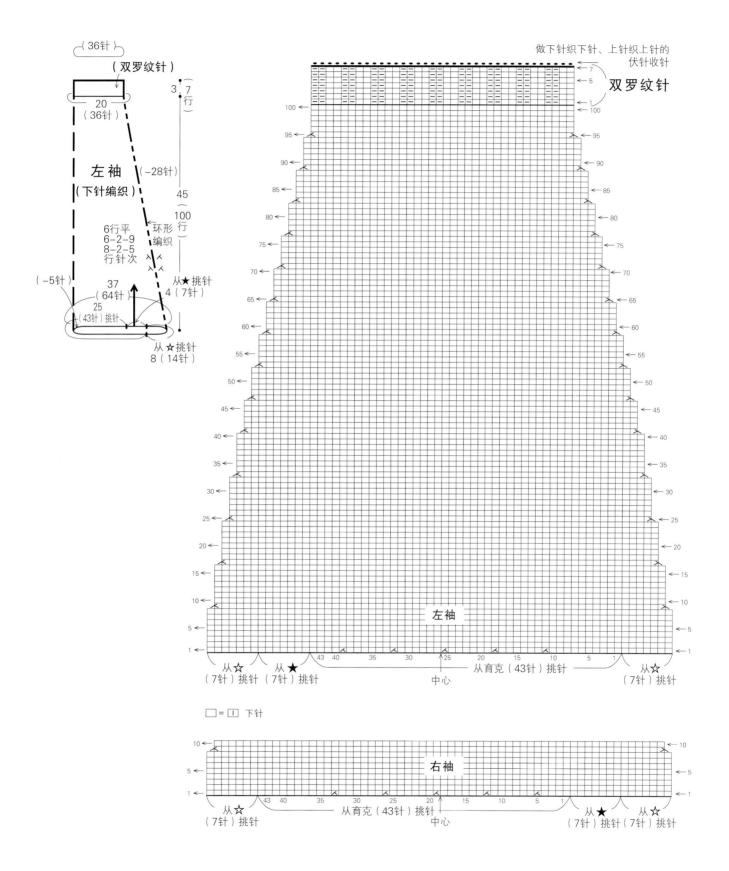

（36针）

（双罗纹针）

20
（36针）

3（7行）

左袖
（下针编织）

（-28针）

45
100行

6行平
6-2-9
8-2-5
行针次

环形
编织

（-5针）

37
（64针）

从★挑针
4（7针）

25
（43针）挑针

从☆挑针
8（14针）

做下针织下针、上针织上针的
伏针收针

双罗纹针

左袖

从☆
（7针）挑针
从★
（7针）挑针

从育克（43针）挑针

中心

从☆
（7针）挑针

□ = ① 下针

右袖

从☆
（7针）挑针

从育克（43针）挑针

中心

从★
（7针）挑针
从☆
（7针）挑针

阿兰花样的圆育克毛衣

这是流传于阿兰群岛的渔夫毛衣，在育克部位设计了备受大家欢迎的阿兰花样。
我们可以从菱形花样与小球花样组成的圆育克感受到手作的温度。

设计…河合真弓　制作…堀口美雪　编织方法…p.54

使用线··芭贝 British Eroika
羊毛 100%（使用 50% 以上英国羊毛）
50g/ 团，约 83m
极粗，棒针 8~10 号
特点是兼具弹性和韧性，使织物更加松软柔和。
粗细适中，很容易编织，从初学者到经验丰富
的编织者都非常喜爱这款经典线材。

阿兰花样的圆育克毛衣 …图片 p.52

- ●**材料和工具** 线…芭贝 British Eroika 蓝灰色（188）470g/10 团 针…棒针 9 号
- ●**成品尺寸** 胸围 90cm，衣长 53cm，连肩袖长 73.5cm
- ●**编织密度** 10cm×10cm 面积内：下针编织 17 针，22 行；编织花样 A 19.5 针，24 行

●**编织要点** 下摆、袖口、衣领编织结束时，分别按前一行的针目一边编织一边做伏针收针。育克…在领窝另线锁针起针，一边在图示位置做卷针加针一边环形编织。将育克分成袖子和身片，袖子部分休针备用。身片…在育克的后身片往返编织前后差。接着在身片的胁部编织腋下针目，将前后身片连起来环形编织至下摆。袖子…从育克休针的袖子部分、前后差、腋下挑取针目，环形编织至袖口。衣领…解开领窝的起针挑取针目，环形编织双罗纹针。

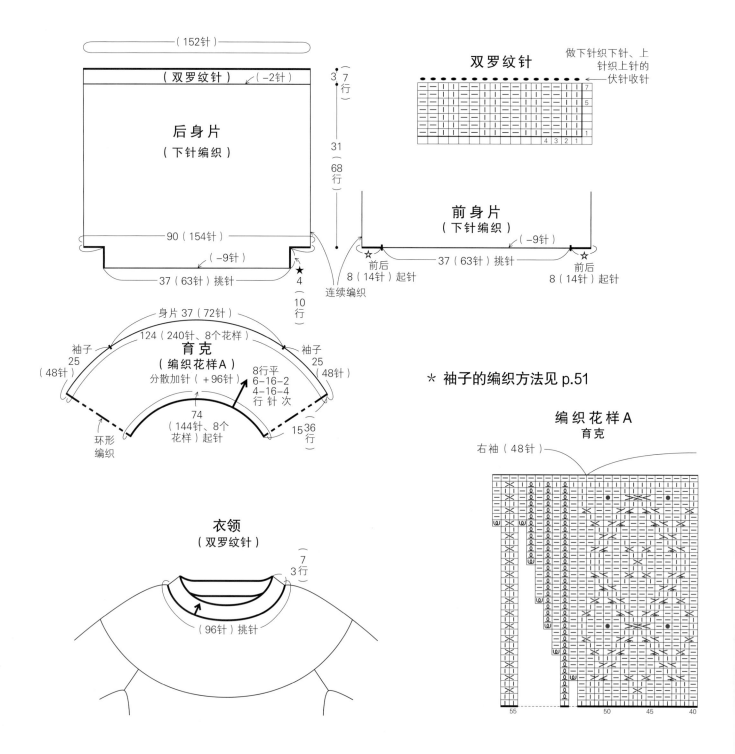

双罗纹针

后身片（下针编织）

（双罗纹针）（−2 针）（152 针）

3 7 行

31（68 行）

90（154 针）（−9 针）

37（63 针）挑针

前身片（下针编织）（−9 针）

37（63 针）挑针

8（14 针）起针 前后

8（14 针）起针 前后

连续编织

4（10 行）★

身片 37（72 针）

124（240 针、8 个花样）

袖子 25（48 针）

袖子 25（48 针）

育克（编织花样 A）

分散加针（+96 针）

8 行平 6−16−2 4−16−4 行 针 次

74（144 针、8 个花样）起针

15 36 行

环形编织

＊ 袖子的编织方法见 p.51

编织花样 A 育克

右袖（48 针）

55 50 45 40

衣领（双罗纹针）

7 3 行

（96 针）挑针

1针放5针的加针

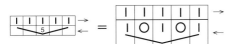

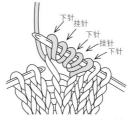

1 重复下针和挂针，从1针里编织出5针。

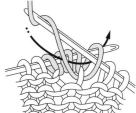

2 翻转织物，仅在5针里做往返编织。

中上5针并1针

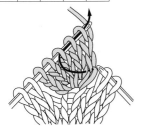

1 如箭头所示在3针里插入右棒针，不编织，直接移至右棒针上。

2 如箭头所示在剩下的2针里插入右棒针，编织2针并1针。

3 将步骤1移过来的3针依次覆盖在步骤2的已织针目上。

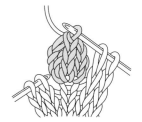

4 中上5针并1针完成，中间的针目呈连续状态。

后身片的减针与腋下 ※ 前身片的减针位置与后身片相同。

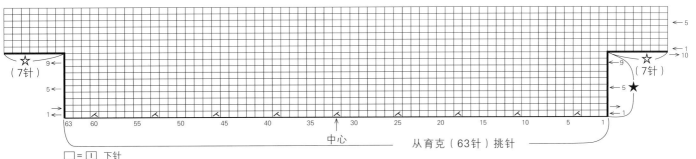

□ = I 下针

编织花样A
育克

● = 5针3行的泡泡针

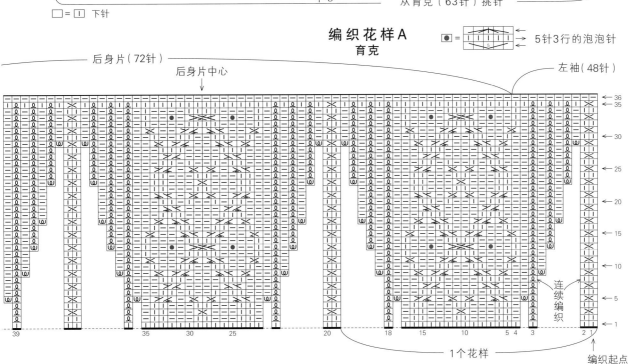

阿兰花样的长款背心

这是一款长款背心，前育克中间的菱形花样延续至身片，边缘统一编织起伏针。
因为是从领口往下编织，最后可以编织至自己喜欢的长度。

设计⋯河合真弓　制作⋯堀口美雪　使用线⋯芭贝 British Eroika　编织方法⋯p.58

阿兰花样的斗篷

将 p.52 毛衣的育克部分改编成了前开襟的斗篷。
紫色让人感觉秋意渐浓，搭配平时的服装，宛如佩戴一款饰品。

设计…河合真弓　制作…关谷幸子　使用线…芭贝 British Eroika　编织方法…p.82

阿兰花样的长款背心 …图片 p.56

● **材料和工具** 线…芭贝 British Eroika 米色（143）420g/9 团 针…棒针 9 号，钩针 8/0 号
● **成品尺寸** 胸围 90cm，衣长 61.5cm，连肩袖长 30cm
● **编织密度** 10cm×10cm 面积内：下针编织 17 针，22 行；编织花样 A 19.5 针，24 行
● **编织要点** 下摆、袖口、衣领编织结束时，分别用钩针从反面做引拔收针。育克…在领窝另线锁针起针，一边在图示位置做卷针加针一边环形编织。将育克分成袖子和身片，袖子部分休针备用。身片…在育克的后身片往返编织前后差。接着在身片的胁部编织腋下针目，将前、后身片连起来环形编织至下摆，注意前身片的中间继续编织育克的花样。身片的胁部挑起前一行的渡线做扭针加针。袖子…从育克休针的袖子部分、前后差、腋下挑取针目，环形编织起伏针。衣领…解开领窝的起针挑取针目，环形编织起伏针。

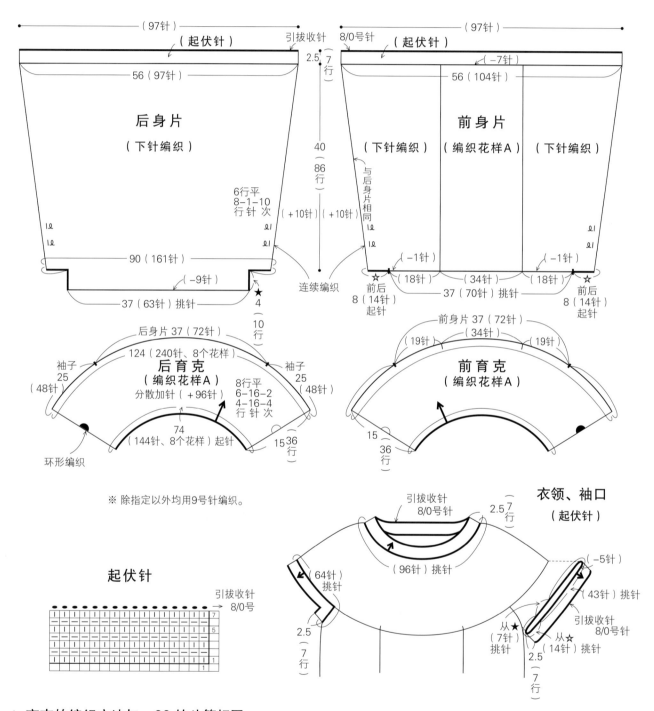

※ 除指定以外均用 9 号针编织。

起伏针

* **育克的编织方法与 p.83 的斗篷相同**

编织花样A
（前身片）

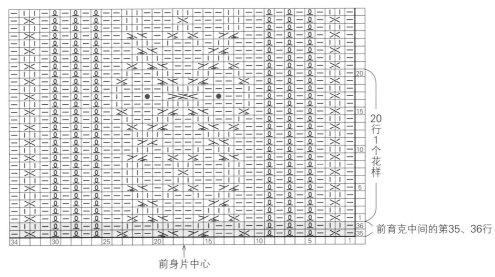

5针3行的泡泡针

● = |||||
　　　5

20行1个花样

前育克中间的第35、36行

前身片中心

□ = 1 下针

𝒬 = 扭针加针

后身片

下针编织

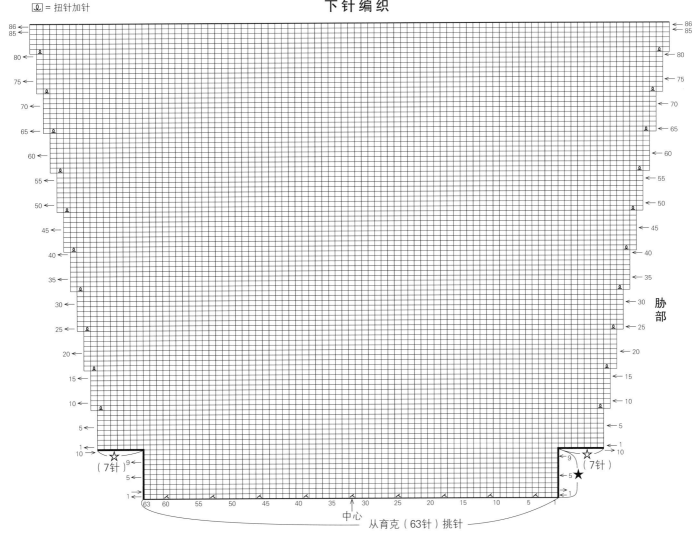

胁部

中心

从育克（63针）挑针

（7针）

树叶花样的圆育克毛衣

育克的树叶花样逐渐增加挂针的数量。
将后身片的前后差编织得长一点，设计成既宽松又圆鼓鼓的茧形轮廓。最后用钩针钩织边缘，给人柔和的印象。

设计…奥住玲子　编织方法…p.62

样片为实物大小

使用线…芭贝 Shetland
羊毛 100%（使用 100% 英国羊毛）
40g/团，约90m
中粗，棒针 5~7 号
特点是兼具弹性和韧性，质感轻暖柔
软。颜色也很丰富，无论是配色花样
还是基础花样都很适合。这款线粗细
适中，也很容易编织。

树叶花样的圆育克毛衣 …图片 p.60

● **材料和工具** 线…芭贝 Shetland 灰色（30）310g 针…棒针 6 号、4 号，钩针 5/0 号

● **成品尺寸** 胸围 96cm，衣长 61.5cm，连肩袖长 47.5cm

● **编织密度** 10cm×10cm 面积内：下针编织 19 针，26 行；编织花样 17.5 针，26 行

● **编织要点** 育克…在领窝另线锁针起针，按编织花样编织育克。在图示位置均匀加针，逐渐放大。然后将育克的针目分成袖口和身片，袖口部分休针备用。身片…在育克的后身片往返编织 24 行前后差。接着在身片的胁部编织 11 针的腋下针目，将前、后身片连起来按编织花样、单罗纹针、边缘编织 A 编织。袖口…从育克休针的袖口部分、前后差、腋下挑取针目，按单罗纹针和边缘编织 B 编织。衣领…解开领窝的起针挑取针目，按单罗纹针和边缘编织 A 编织。

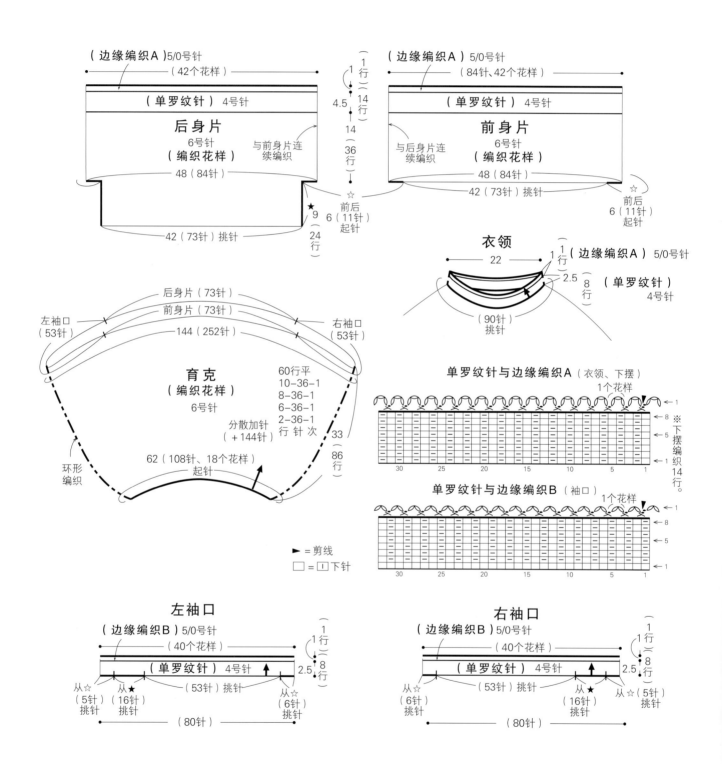

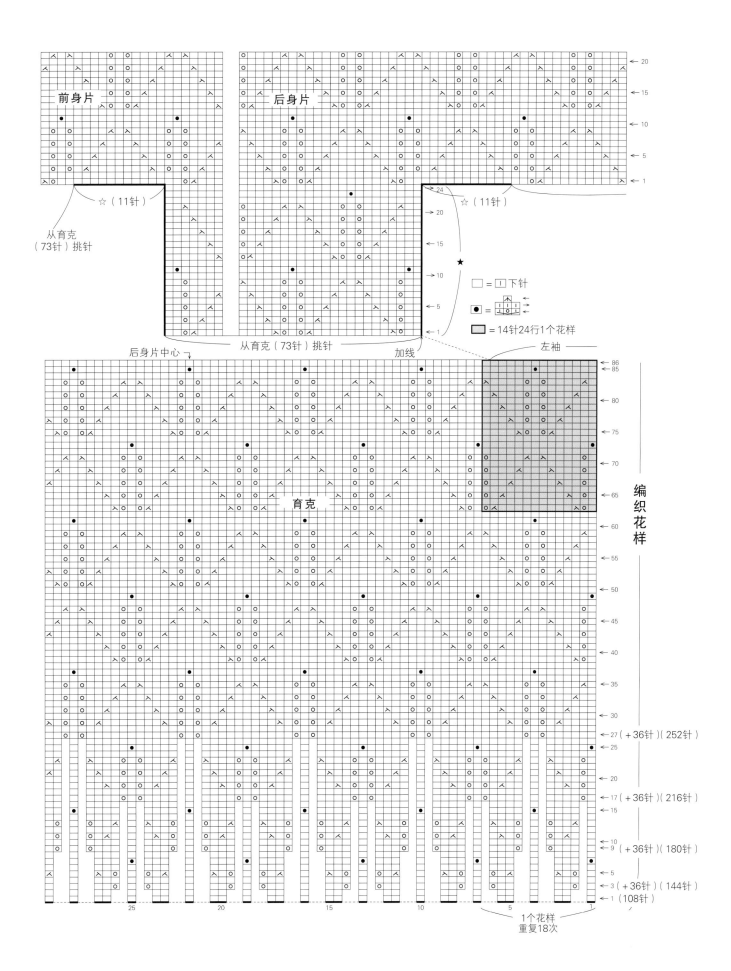

树叶花样的圆育克开衫

这是一件适合成人穿着的、基础款式的开衫。
从优雅的连衣裙和喇叭裙，到休闲的牛仔裤，可选择的穿搭范围非常广。
设计…奥住玲子　使用线…芭贝 Shetland　编织方法…p.65

树叶花样的圆育克开衫 ···图片 p.64

● **材料和工具** 线…芭贝 Shetland 卡其色（3）400g 针…棒针 6 号、4 号 其他…直径 1.8cm 的纽扣 6 颗

● **成品尺寸** 胸围 99cm，衣长 56.5cm，连肩袖长 70.5cm

● **编织密度** 10cm×10cm 面积内：下针编织 19 针，26 行；编织花样 A、B 均为 17.5 针，26 行

● **编织要点** 育克…在领窝另线锁针起针，按编织花样 A 编织育克。在图示位置均匀加针，逐渐放大。然后将育克的针目分成袖子和身片，袖子部

分休针备用。身片…在育克的后身片编织 8 行前后差。接着在身片的胁部编织 12 针的腋下针目，将前、后身片连起来按下针、编织花样 B 和单罗纹针编织。编织结束时，做下针织下针、上针织上针的伏针收针。袖子…从育克休针的袖子部分、前后差、腋下挑取针目，环形编织至袖口。衣领、前门襟…解开领窝的起针挑取针目，编织衣领。前门襟一边在图示位置留出扣眼一边编织单罗纹针。编织结束时与下摆一样收针。

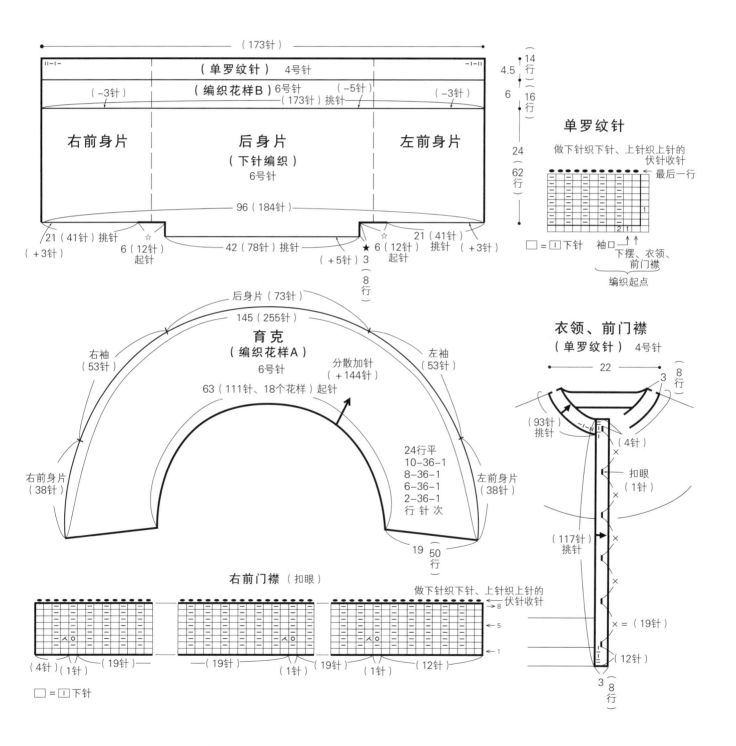

65

＊接 p.65 树叶花样的圆育克开衫

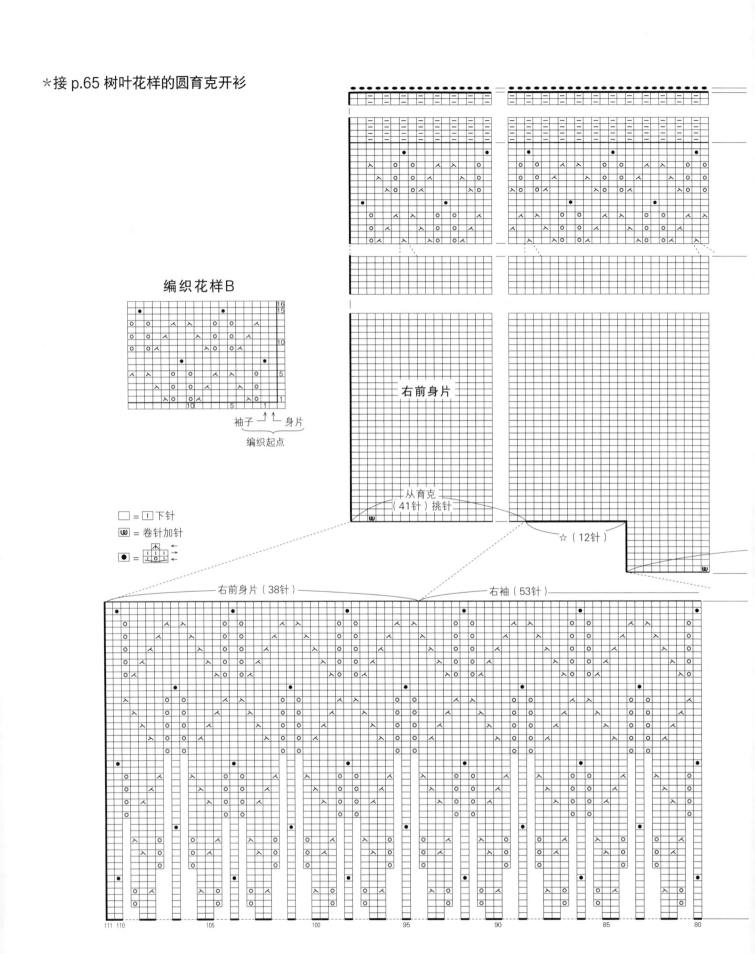

编织花样B

□ = Ⅰ 下针

ω = 卷针加针

● =

袖子 ← → 身片

编织起点

右前身片

从育克
（41针）挑针

☆（12针）

右前身片（38针）

右袖（53针）

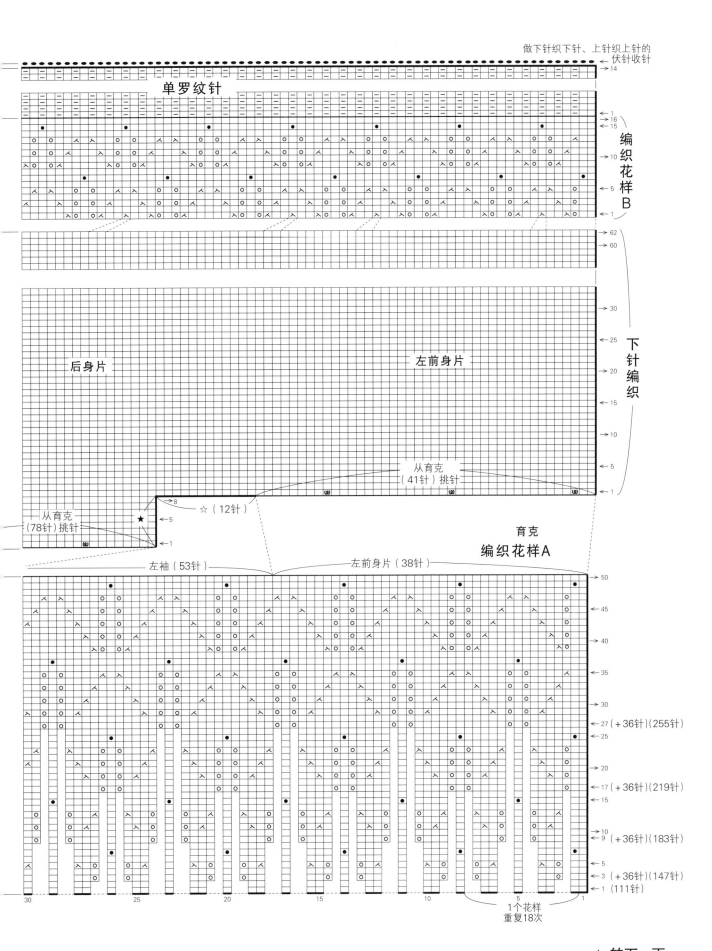

做下针织下针、上针织上针的
← 伏针收针

单罗纹针

编织花样B

下针编织

后身片　　　　　　　　　　　　左前身片

从育克
（41针）挑针

育克
编织花样A

从育克
（78针）挑针

☆（12针）

左袖（53针）　　　　左前身片（38针）

1个花样
重复18次

* 转下一页

＊ 接 p.65 树叶花样的圆育克开衫

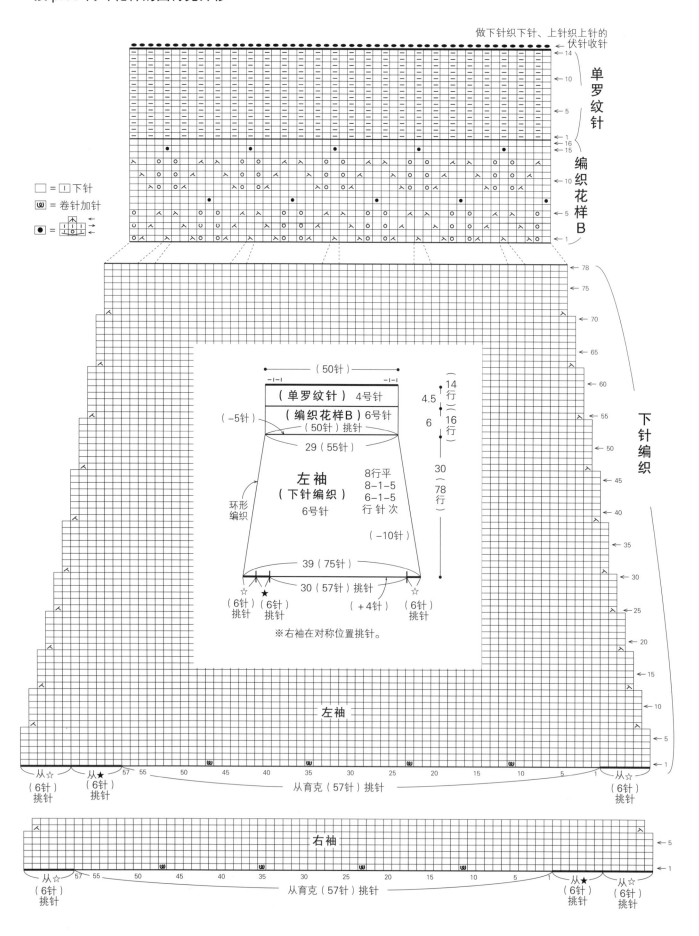

做下针织下针、上针织上针的
伏针收针

单罗纹针

编织花样B

□ = □ 下针
ω = 卷针加针
● = ⥮

下针编织

（50针）
（单罗纹针）4号针
（编织花样B）6号针
（50针）挑针
（−5针）
29（55针）

14
行
16
行

4.5
6

左袖
（下针编织）
6号针

环形
编织

8行平
8−1−5
6−1−5
行 针次

（−10针）

30
（78
行
）

39（75针）
30（57针）挑针
（＋4针）
☆
（6针）
挑针
★
（6针）
挑针
☆
（6针）
挑针

※右袖在对称位置挑针。

左袖

从☆
（6针）
挑针
从★
（6针）
挑针
57 55 50 45 40 35 30 25 20 15 10 5 1
从育克（57针）挑针
从☆
（6针）
挑针

右袖

从☆
（6针）
挑针
57 55 50 45 40 35 30 25 20 15 10 5 1
从育克（57针）挑针
从★
（6针）
挑针
从☆
（6针）
挑针

＊ 接 p.40 费尔岛配色花样的长款背心

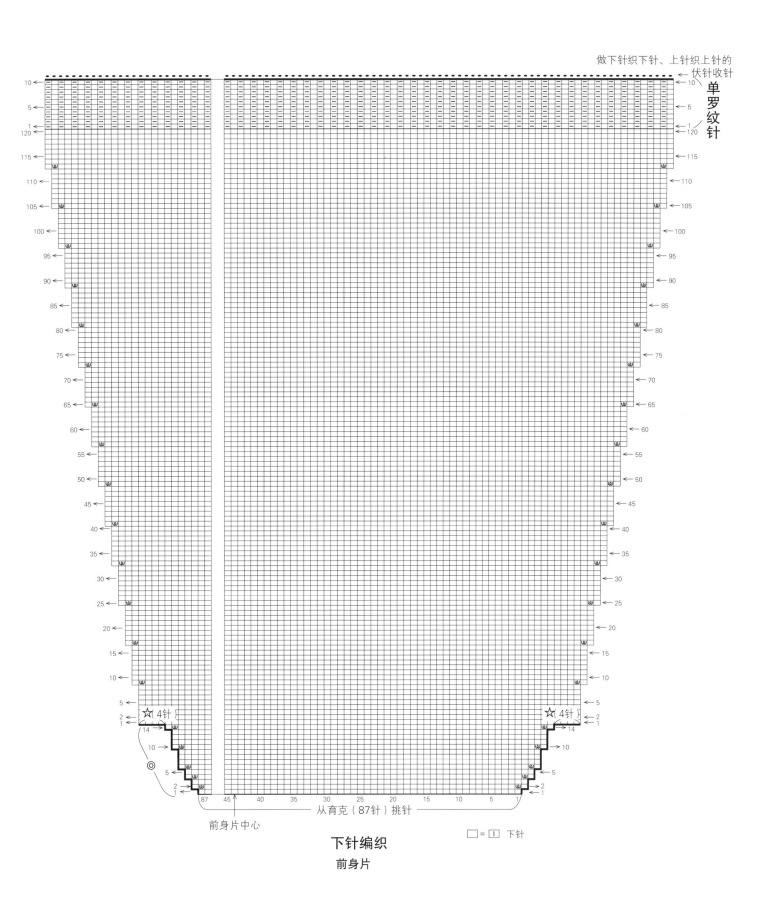

做下针织下针、上针织上针的
伏针收针

单罗纹针

□ = ① 下针

下针编织

前身片

从育克（87针）挑针

前身片中心

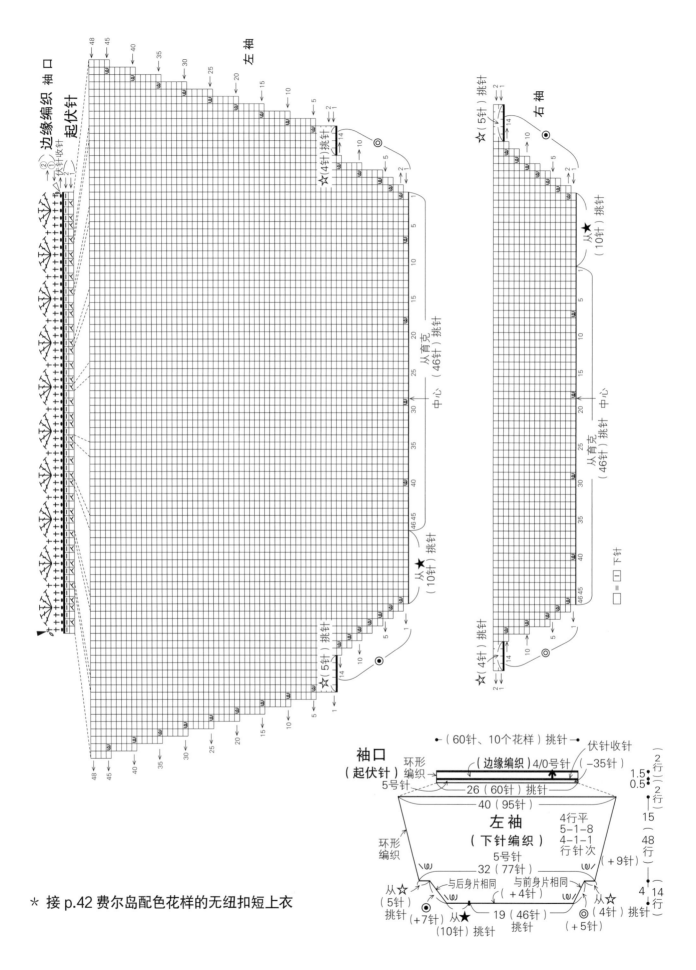

袖口（起伏针）

边缘编织 5号针

环形编织

5号针（60针）挑针

伏针收针（−35针）

边缘编织 4/0号针

←（60针、10个花样）挑针→

26（60针）挑针

40（95针）

左袖（下针编织）

4行平
5-1-8
4-1-1 行针次

5号针

32（77针）

与后身片相同（+4针）

与前身片相同（+5针）

从☆（5针）挑针

从★（10针）挑针

19（46针）挑针

从☆（4针）挑针

2行
1.5
0.5
2行
15
48行（+9针）
4 14行

□ = □ 下针

＊ 接 p.42 费尔岛配色花样的无纽扣短上衣

菱形花样的圆育克毛衣 … 图片 p.6

● **材料和工具** 线…和麻纳卡 Amerry 灰色（30）310g，蓝色（46）、海军蓝色（53）、柠檬黄色（25）各20g 针…棒针7号、6号、4号
● **成品尺寸** 胸围96cm，衣长56cm，连肩袖长72.5cm
● **编织密度** 10cm×10cm面积内:配色花样23针,26行;下针编织23针,31行
● **编织要点** 育克…在领窝另线锁针起针，按配色花样编织育克。在图示位置均匀加针，逐渐放大。然后将育克的针目分成袖子和身片，袖子部分

休针备用。身片…在育克的后身片编织12行前后差。接着在身片的胁部编织13针的腋下针目，将前、后身片连起来编织下针和双罗纹针。编织结束时做下针织下针、上针织上针的伏针收针，注意使用粗1号的针收针，以免太紧。袖子…从育克休针的袖子部分、前后差、腋下挑取针目，编织下针和双罗纹针。衣领…解开领窝的起针挑取针目，编织双罗纹针。

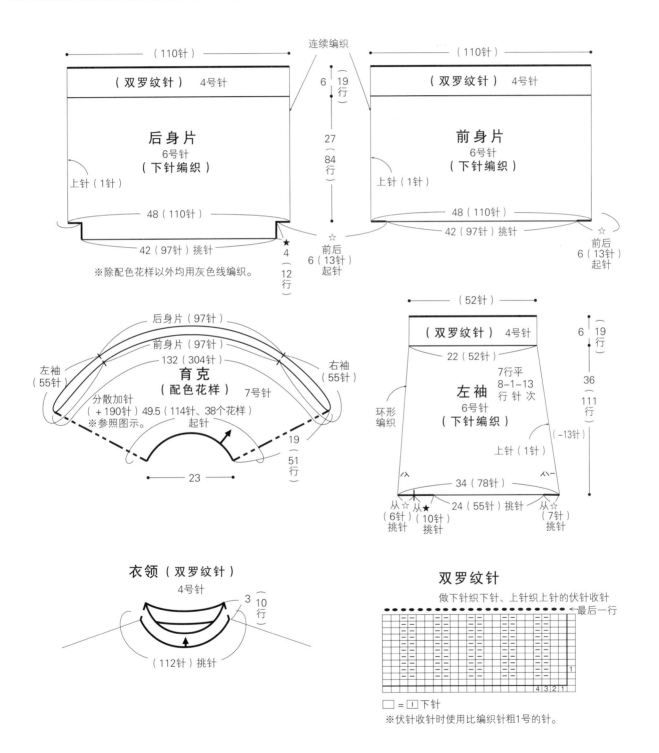

＊ 转下一页

* 接 p.71 菱形花样的圆育克毛衣

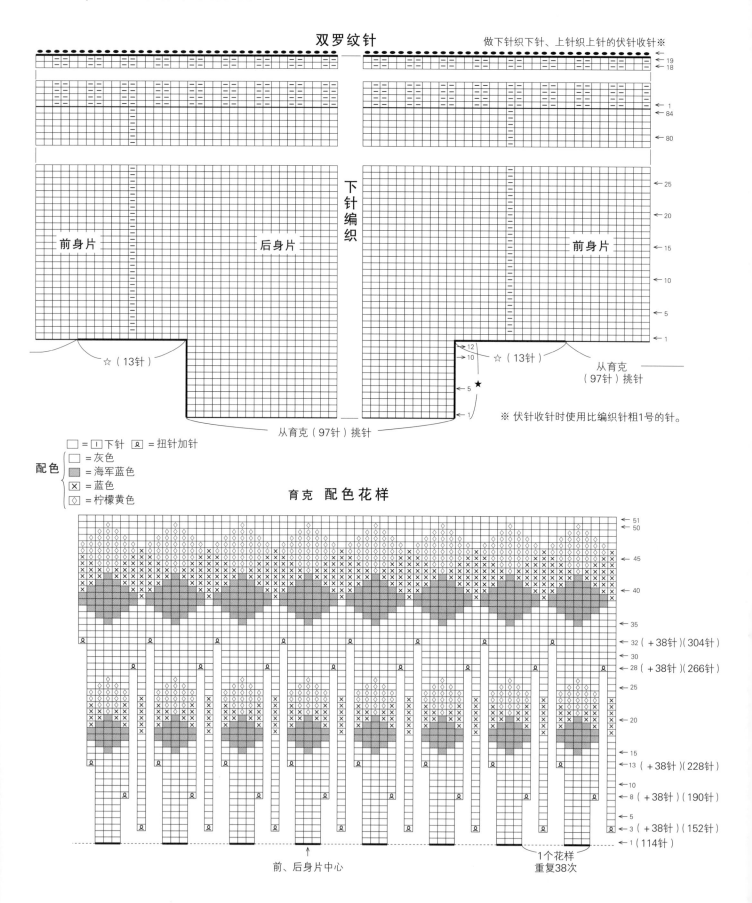

双罗纹针

做下针织下针、上针织上针的伏针收针※

下针编织

前身片　　　　后身片

前身片

☆（13针）

☆（13针）

从育克（97针）挑针

※ 伏针收针时使用比编织针粗1号的针。

从育克（97针）挑针

□ = ① 下针　　Ω = 扭针加针

配色 {
　□ = 灰色
　▨ = 海军蓝色
　☒ = 蓝色
　◇ = 柠檬黄色
}

育克　配色花样

前、后身片中心

1个花样
重复38次

左袖
下针编织

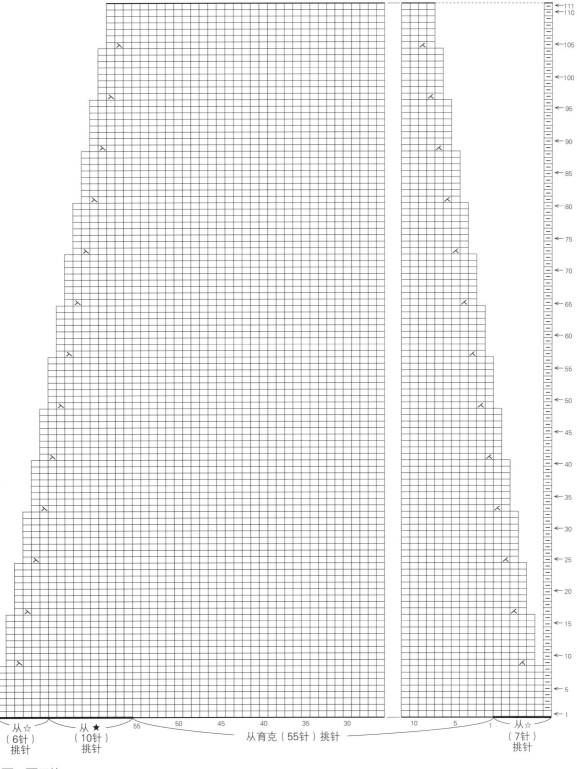

□ = Ⅰ下针

麻花花样的插肩袖开衫 …图片 p.22

●**材料和工具** 线…芭贝 Julika Mohair 卡其色（309）300g，薄荷蓝色（305）25g 针…棒针9号 其他…直径2.5cm的纽扣 5颗

●**成品尺寸** 胸围121cm，衣长53.5cm，连肩袖长62.5cm

●**编织密度** 10cm×10cm 面积内：下针编织 15针，20行；编织花样 A、B 18针，22.5行；条纹花样 C 16针，32行

●**编织要点** 育克…在领窝另线锁针起针，按编织花样 A、B 编织育克。在图示位置均匀加针，逐渐放大。然后将育克的针目分成袖子和身片，袖子部分休针备用。身片…在育克的后身片编织 10 行前后差。接着在身片

的胁部编织 6 针的腋下针目，将前、后身片连起来按下针编织、编织花样 A、条纹花样 C、双罗纹针条纹花样编织。编织结束时，做下针织下针、上针织上针的伏针收针。袖子…从育克休针的袖子部分、前后差、腋下挑取针目，按下针编织、编织花样 B、条纹花样 C、双罗纹针条纹花样环形编织。衣领…解开领窝的起针挑取针目，编织衣领。一边在图示位置留出扣眼一边按条纹花样 C 和双罗纹针编织。在左前襟指定位置缝上纽扣。

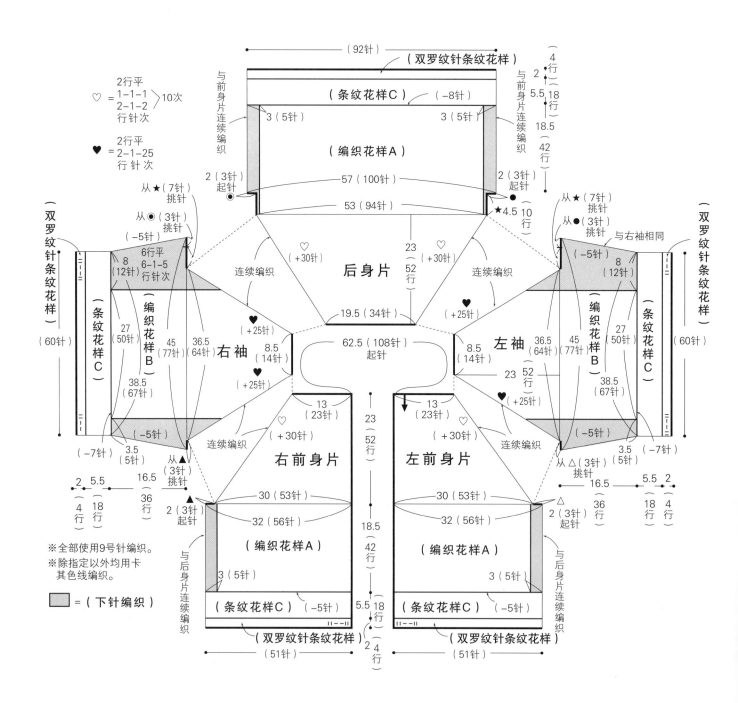

※全部使用9号针编织。
※除指定以外均用卡其色线编织。

▨ =（下针编织）

74

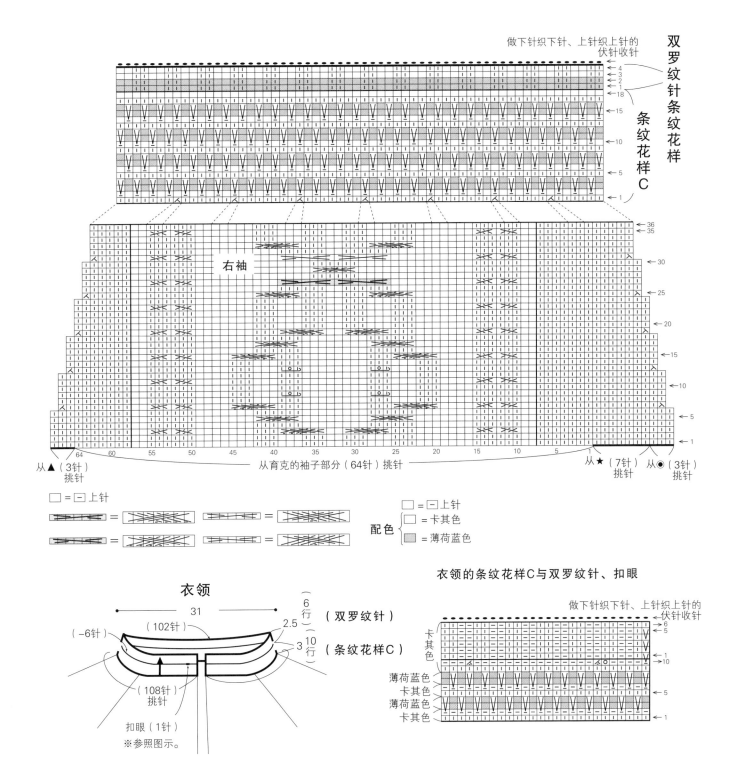

双罗纹针条纹花样

做下针织下针、上针织上针的伏针收针

条纹花样C

右袖

从育克的袖子部分（64针）挑针

从▲（3针）挑针

从★（7针）挑针

从◉（3针）挑针

□ = − 上针

配色 { □ = 卡其色 ▨ = 薄荷蓝色

衣领

31

6行（双罗纹针）

2.5

（102针）

（−6针）

3 10行（条纹花样C）

（108针）挑针

扣眼（1针）
※参照图示。

衣领的条纹花样C与双罗纹针、扣眼

做下针织下针、上针织上针的伏针收针

卡其色

薄荷蓝色
卡其色
薄荷蓝色
卡其色

* 转下一页

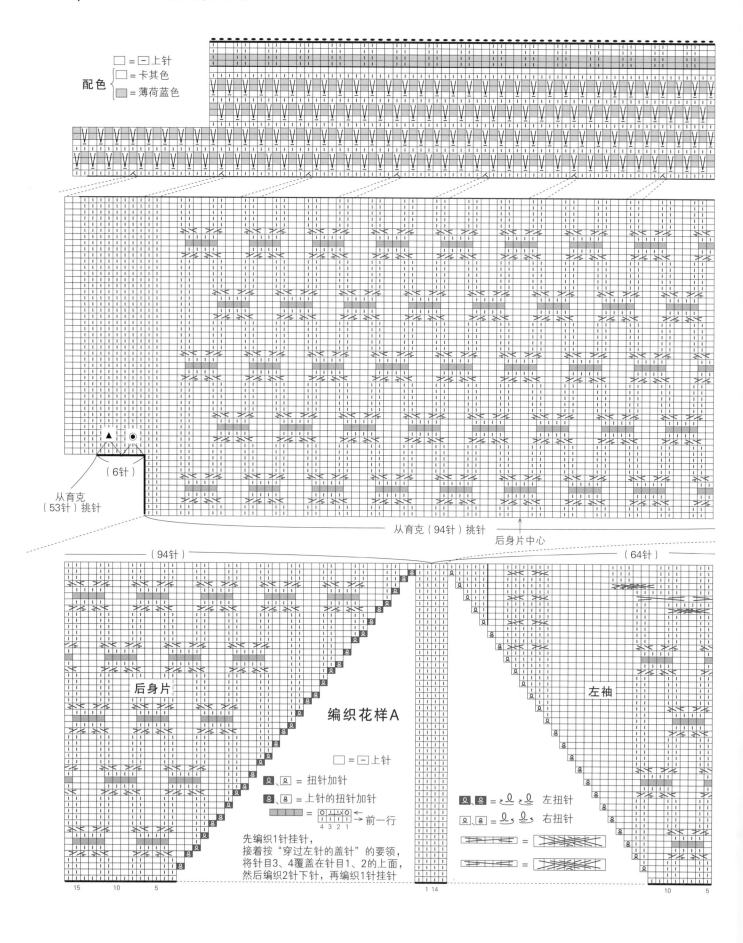

配色 { □ =卡其色
　　　　 = 薄荷蓝色

□ =[-]上针

（6针）

从育克
（53针）挑针

从育克（94针）挑针

后身片中心

（94针）

（64针）

后身片

左袖

编织花样A

□ =[-]上针

2 2 = 扭针加针

2 2 = 上针的扭针加针

= O | | | O → 前一行
　 4 3 2 1

先编织1针挂针，
接着按"穿过左针的盖针"的要领，
将针目3、4覆盖在针目1、2的上面，
然后编织2针下针，再编织1针挂针。

2 2 = 左扭针

2 2 = 右扭针

15　　10　　5

1 14

10　　5

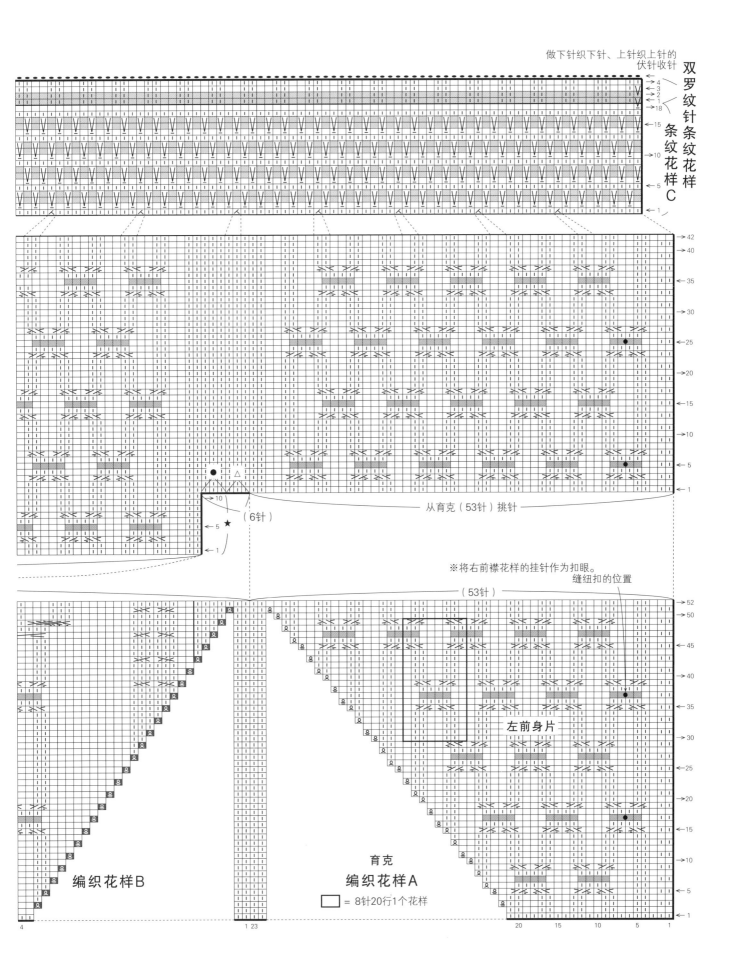

做下针织下针、上针织上针的
伏针收针

双罗纹针条纹花样
条纹花样C

←4
←3
←2
←1
←18

←15

←10

←1

→42
→40
←35
→30
←25
→20
←15
→10
→1

●
10
△
（6针）

★
←5
←1

从育克（53针）挑针

※将右前襟花样的挂针作为扣眼。

缝纽扣的位置

（53针）

→52
→50
←45
→40
→35
→30
→25
→20
→15
→10
→5
→2

左前身片

编织花样B

育克
编织花样A

□ = 8针20行1个花样

4

1 23

20 15 10 5 1

77

麻花花样的插肩袖毛衣 ···图片 p.20

- ●**材料和工具** 线···芭贝 Julika Mohair 炭灰色(308)340g,嫩粉色(302)20g 针···棒针 9 号
- ●**成品尺寸** 胸围 114cm,衣长 59cm,连肩袖长 80cm
- ●**编织密度** 10cm×10cm 面积内:下针编织 15 针,20 行;编织花样 A、B 均为 18 针,22.5 行;条纹花样 C 16 针,32 行
- ●**编织要点** 育克···在领窝另线锁针起针,按编织花样 A、B 编织育克。在图示位置均匀加针,逐渐放大。然后将育克的针目分成袖子和身片,袖

子部分休针备用。身片···在育克的后身片编织 10 行前后差。接着在身片的胁部编织 6 针的腋下针目,将前、后身片连起来按下针编织、编织花样 A、条纹花样 C、双罗纹针条纹花样编织。编织结束时,做下针织下针、上针织上针的伏针收针。袖子···从育克休针的袖子部分、前后差、腋下挑取针目,按下针编织、编织花样 B、条纹花样 C、双罗纹针条纹花样环形编织。衣领···解开领窝的起针挑取针目,按条纹花样 C 和双罗纹针编织。

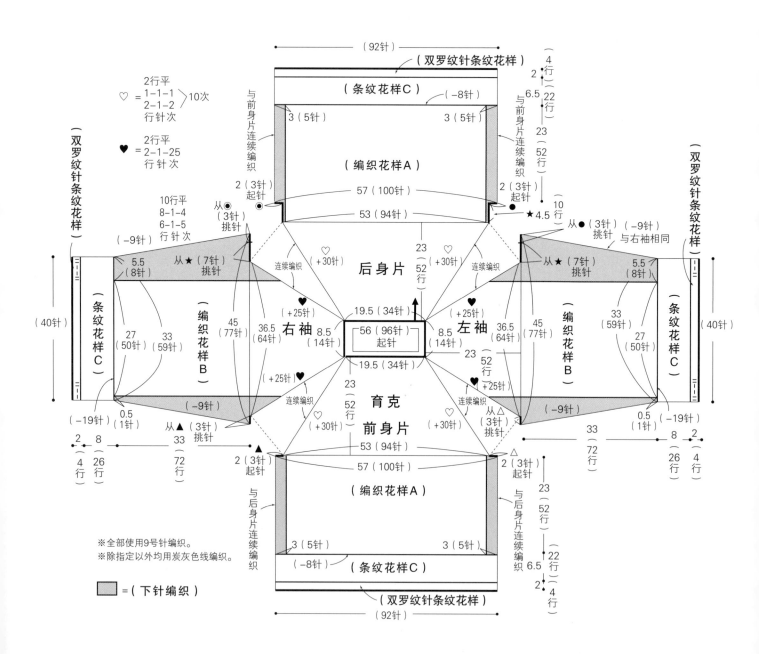

※全部使用9号针编织。
※除指定以外均用炭灰色线编织。

▨ =(下针编织)

＊ 育克的袖子部分的编织方法请参照 p.76、p.77

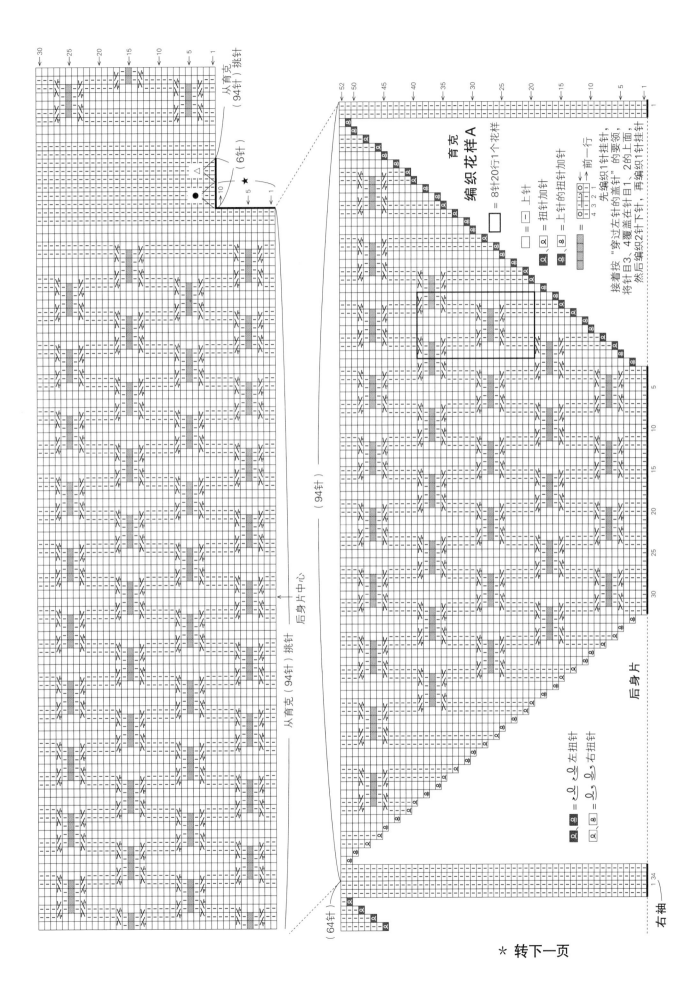

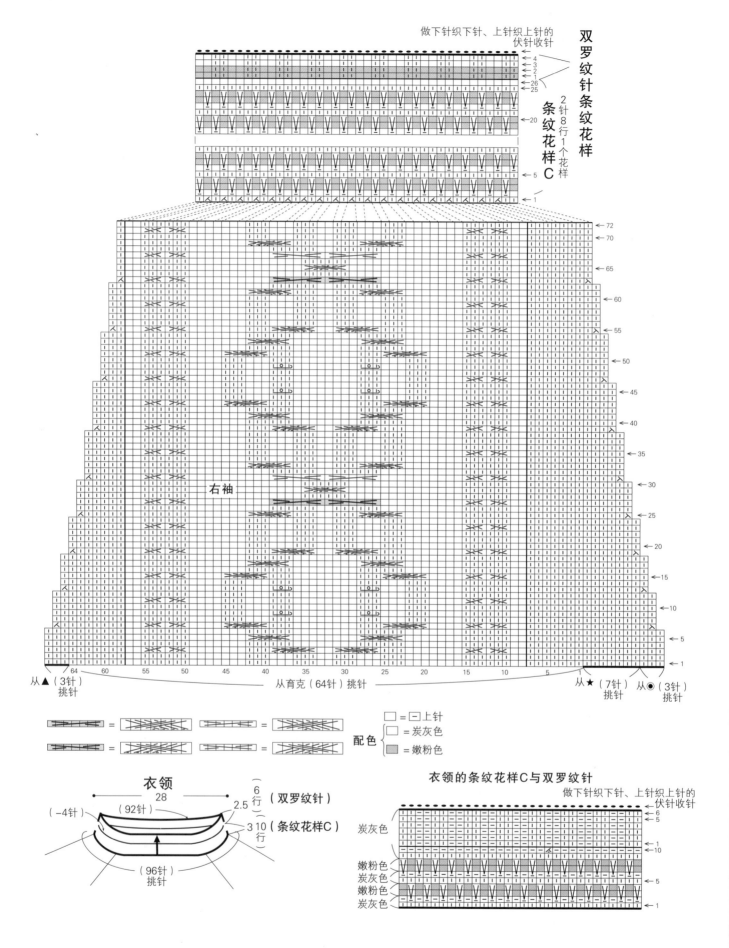

80

＊ 接 p.36 费尔岛配色花样的毛衣

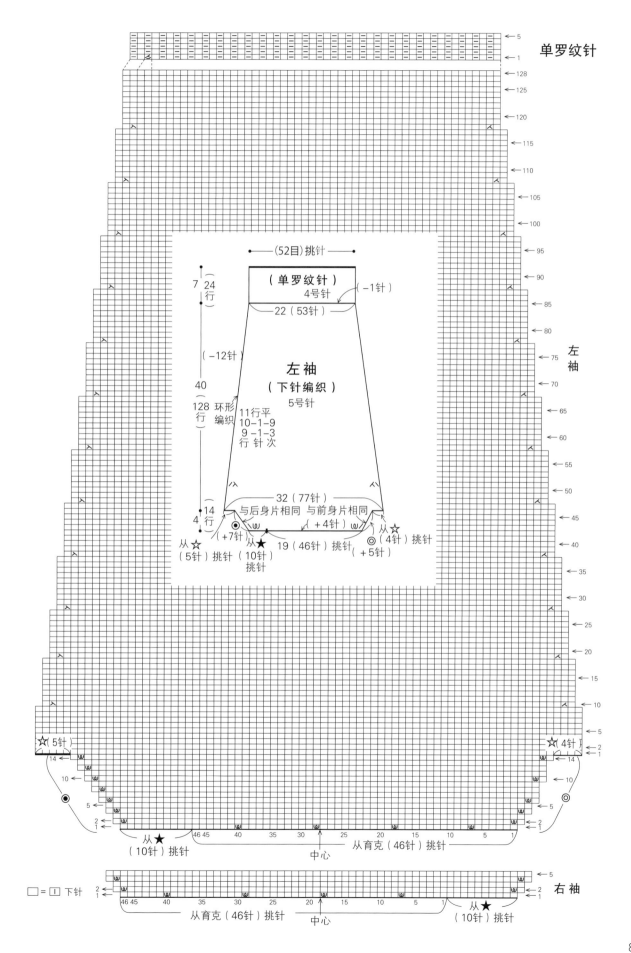

单罗纹针

左袖

右袖

阿兰花样的斗篷 ··· 图片 p.57

●**材料和工具** 线···芭贝 British Eroika 紫色（183）255g 针···棒针 9 号
其他···直径 2.5cm 的纽扣 2 颗
●**成品尺寸** 长 27.5cm
●**编织密度** 10cm×10cm 面积内：编织花样 A 19.5 针，24 行

●**编织要点** 下摆、衣领、前门襟编织结束时，分别按前一行的针目一边编织一边做伏针收针。斗篷主体部分···在领窝另线锁针起针，按编织花样 A 编织育克。接着按编织花样 B 无须加减针编织至下摆。下摆编织扭针的单罗纹针。衣领、前门襟···解开领窝的起针挑取针目，按扭针的单罗纹针编织衣领。然后从身片的前端挑取针目编织前门襟，注意在右前门襟留出扣眼。最后在左前门襟缝上纽扣。

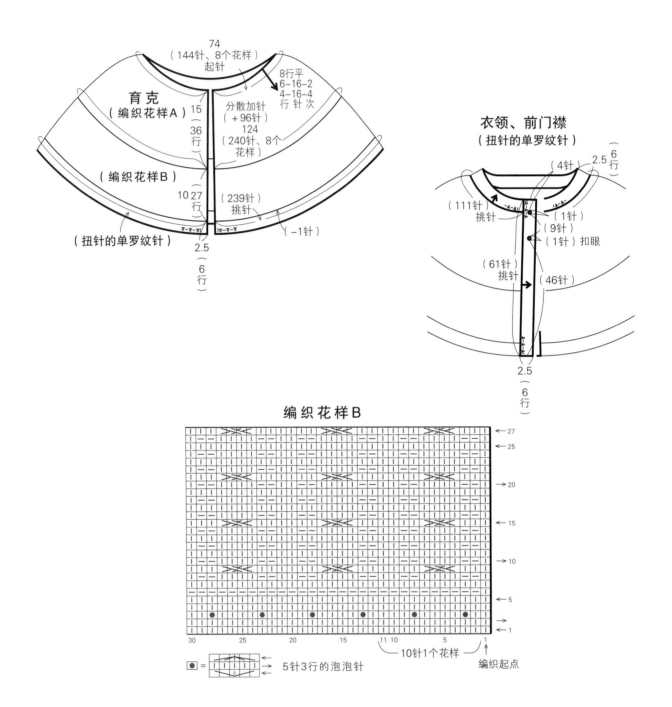

育克（长款背心是环形编织，斗篷是往返编织）

编织花样A

▨ = 长款背心的前身片中心请参照p.59的图示

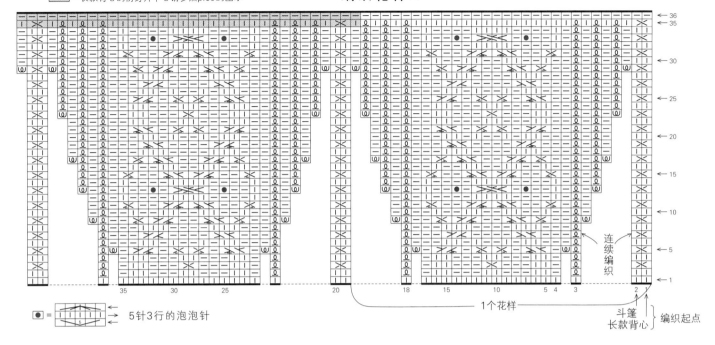

● = 5针3行的泡泡针

1个花样

连续编织

斗篷
长款背心 ｝编织起点

前门襟（扣眼）　按前一行的针目一边编织一边做
←伏针收针

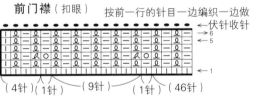

（4针）（1针）（9针）（1针）（46针）

扭针的单罗纹针

扭针的左上2针并1针

1 将2针不编织直接移至右棒针上，接着如箭头所示入针，将针目移回至左棒针上。

2 第1针也移回至左棒针上。如箭头所示从2针的左侧一起入针。

3 挂线后拉出，在2针里一起编织下针。

4 扭针的左上2针并1针完成。

83

洛皮开衫 … 图片 p.48

●**材料和工具** 线…内藤商事 Alafosslopi 深灰色（58）410g，浅灰色（54）120g，黑色（59）70g 针…棒针 14 号、12 号 其他…直径 1.9cm 的纽扣 6 颗

●**成品尺寸** 胸围 98.5cm，衣长 53.5cm，连肩袖长 72cm

●**编织密度** 10cm×10cm 面积内：下针编织、配色花样均为 12.5 针，17 行

●**编织要点** 育克…在领窝另线锁针起针，一边在图示位置加针一边编织。然后将育克分成袖子和身片，袖子部分休针备用。身片…在育克的后身片编织前后差。接着在身片的胁部编织腋下针目，将前、后身片连起来编织至下摆。袖子…从育克休针的袖子部分、前后差、腋下挑取针目，环形编织至袖口。前门襟、衣领…从身片的前端挑取针目编织前门襟，注意在右前门襟留出扣眼。接着解开领窝的起针挑取针目，编织衣领。衣领编织结束时做伏针收针。最后在左前门襟缝上纽扣。

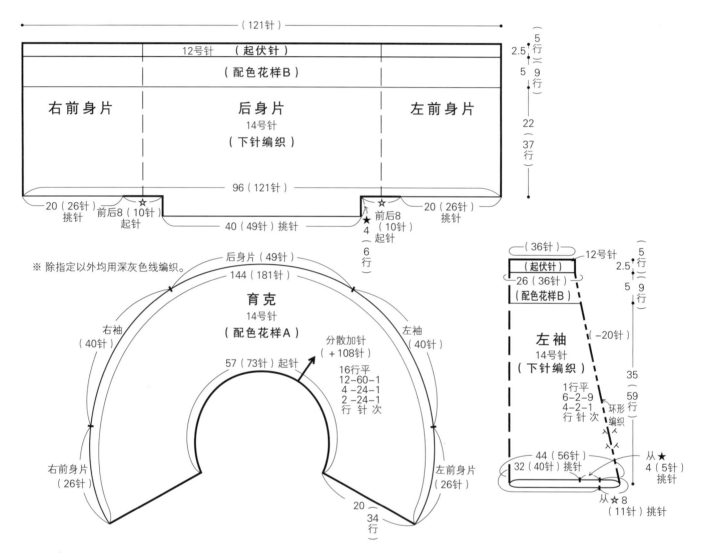

※ 除指定以外均用深灰色线编织。

配色花样B

□=［1］下针 □=浅灰色 ☒=黑色 ●=深灰色

＊ 袖子的挑针方法请参照 p.47 洛皮毛衣

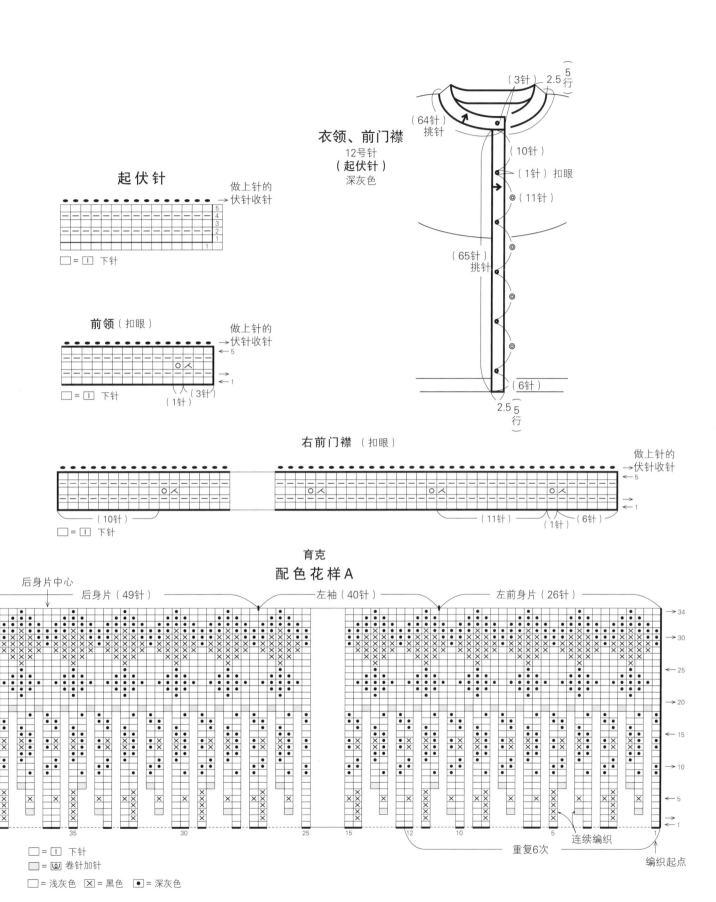

起伏针

做上针的
→伏针收针

5
4
3
2
1

□ = I 下针

前领（扣眼）

做上针的
→伏针收针

←5
→1

人（3针）
○（1针）

□ = I 下针

衣领、前门襟
12号针
（起伏针）
深灰色

（3针）2.5 ⌐5行⌐

（64针）挑针

（10针）
（1针）扣眼
◎（11针）

（65针）挑针

（6针）
2.5 ⌐5行⌐

右前门襟（扣眼）

做上针的
→伏针收针

←5
←1

（10针）
（11针）（1针）（6针）

○ 人
○ 人　○ 人　○ 人

□ = I 下针

育克
配色花样A

后身片中心

后身片（49针）　　　左袖（40针）　　　左前身片（26针）

→34
→30
→25
→20
→15
→10
→5
→1

35　　30　　25　　15　　12　10　　5　　1

重复6次　　连续编织

编织起点

□ = I 下针

▨ = ⊎ 卷针加针

□ = 浅灰色　☒ = 黑色　● = 深灰色

锯齿花样的圆育克毛衣 …图片 p.4

● **材料和工具**　线…和麻纳卡 Amerry 芥末黄色（41）340g　针…棒针6号、4号，钩针4/0号

● **成品尺寸**　胸围 97cm，衣长 53cm，连肩袖长 65cm

● **编织密度**　10cm×10cm 面积内：下针编织、编织花样均为 21 针，31 行

● **编织要点**　育克…在领窝另线锁针起针，按编织花样编织育克。在图示位置均匀加针，逐渐放大。然后将育克的针目分成袖子和身片，袖子部分

休针备用。身片…在育克的后身片编织 10 行前后差。接着在身片的胁部编织 14 针的腋下针目，将前、后身片连起来编织下针和起伏针。编织结束时，看着反面用钩针做引拔收针。袖子…从育克休针的袖子部分、前后差、腋下挑取针目，编织下针和起伏针。衣领…解开领窝的起针挑取针目，编织起伏针。

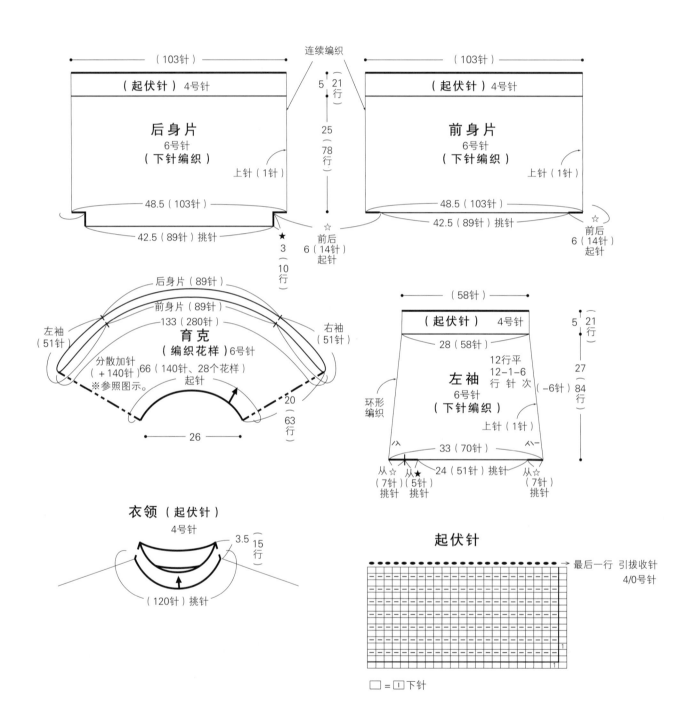

衣领（起伏针）

起伏针

起伏针

引拔收针 4/0号针

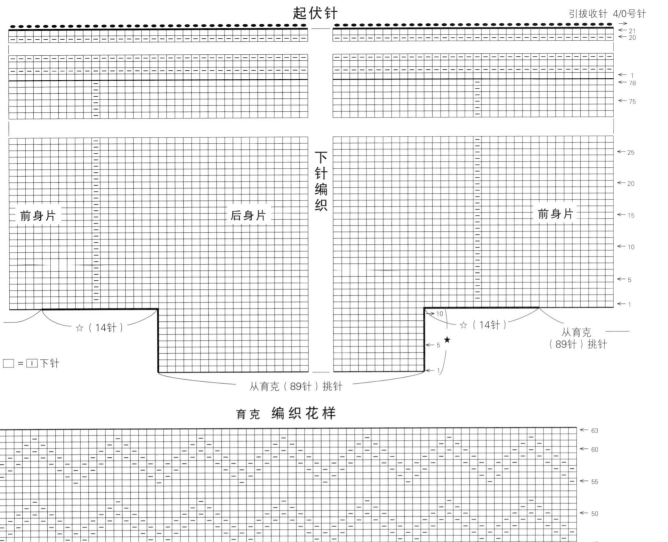

下针编织

前身片　　　　后身片　　　　　　　　　前身片

☆（14针）

□ = ① 下针

☆（14针）

从育克（89针）挑针

从育克（89针）挑针

育克 编织花样

43（+56针）(280针)

23（+56针）(224针)

3（+28针）(168针)

1（140针）

□ = ① 下针　　前、后身片中心

 = 扭针加针

1个花样
重复28次

✲ 转下一页

＊ 接 p.86 锯齿花样的圆育克毛衣

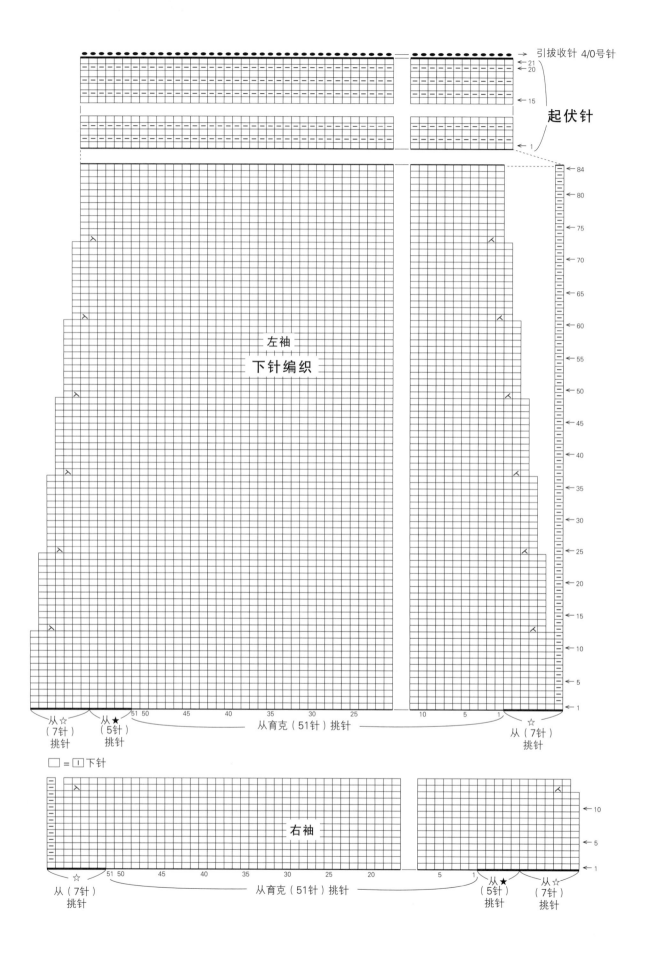

编织基础技法

棒针编织基础

p.90
手指挂线起针
将起针连接成环形

p.91
另线锁针起针
下针
上针
扭针
上针的扭针

p.92
右上2针并1针
左上2针并1针
上针的左上2针并1针
上针的右上2针并1针
左上2针并1针与挂针
挂针与右上2针并1针
1针的扣眼（单罗纹针）

p.93
中上3针并1针
右上2针与1针的交叉（下侧为上针）
左上2针与1针的交叉（下侧为上针）
1针放3针的加针
穿过左针的盖针（3针的情况）

p.94
左上2针交叉
右上2针交叉
伏针
在编织中途换线

简单易行的尺寸调整方法

p.95
调整编织密度
改变针数和行数调整尺寸

棒针编织基础

●手指挂线起针

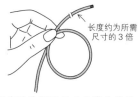

1 留出长度约为所需尺寸3倍的线头。制作线环,捏住交叉点。

2 从线环中拉出线头一侧的线。

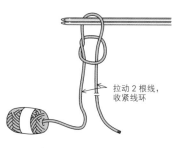

3 在拉出的线环中插入2根棒针,收紧线环。

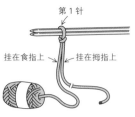

4 针上起好了第1针。将线头一端的线挂在拇指上,将线团一端的线挂在食指上。

5 按箭头所示顺序转动针头挂线。

6 第2针挂在了针头。取下拇指上的线。

7 如箭头所示插入左手拇指。

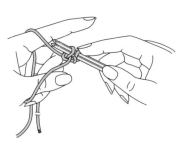

8 伸直拇指收紧针头的针目。第2针完成。重复步骤5~8。

9 起好所需针数后,抽出1根棒针。针上起好的针目就是第1行。

●将起针连接成环形

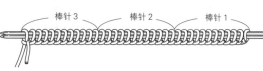

1 使用末端没有堵头的4根针。起好所需针数后,将针数3等分。

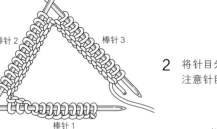

2 将针目分至3根棒针上,注意针目不要拧转。

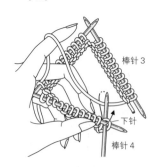

3 将编织线挂在手指上,在棒针1的针目里插入第4根棒针开始编织。

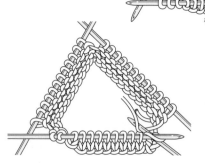

4 第2行环形编织完成。从第3行开始按相同要领编织,为了避免棒针与棒针交界处的针目变松,可以错开调整一下针上的针数进行编织。

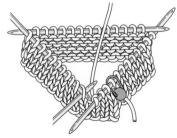

5 在编织起点和终点的交界处放入记号圈以免混淆。

●另线锁针起针

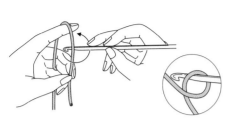

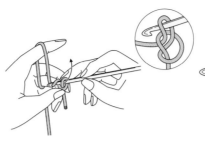

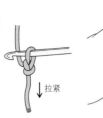

1 将钩针放在另线的后面，朝箭头所示方向转动针头。

2 用手指捏住交叉位置，在钩针上挂线，再从线环中拉出。

3 拉动线头，收紧线环。

↓拉紧

4 重复在针头挂线拉出，比所需针数多起几针锁针。

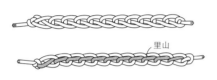

里山

如箭头所示插入棒针

5 另线锁针完成。

6 在里山插入棒针，用编织线挑针。

7 每次从1个里山挑出1针。

Ⅰ 下针

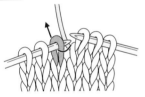

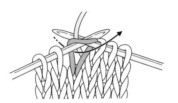

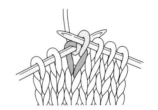

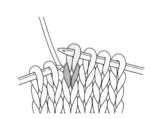

1 将编织线放在左棒针的后面，从针目的前面插入右棒针。

2 针头挂线，如箭头所示拉出。

3 用右棒针拉出线后，退出左棒针取下针目。

4 下针完成。

― 上针

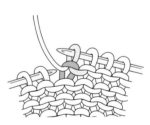

1 将编织线放在左棒针的前面，从针目的后面插入右棒针。

2 针头挂线，如箭头所示拉出。

3 用右棒针拉出线后，退出左棒针取下针目。

4 上针完成。

ℚ 扭针

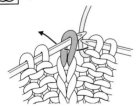

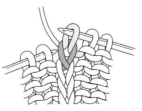

1 如箭头所示，从针目的后面插入右棒针。

2 针头挂线后拉出。前一行的针目呈扭转状态。

ℚ 上针的扭针

1 将线放在前面，如箭头所示插入右棒针。

2 针头挂线后拉出。前一行的针目呈扭转状态，上针的扭针完成。

⊠ 右上2针并1针

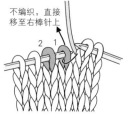

不编织，直接
移至右棒针上

1 如箭头所示插入棒针，不编织，直接移过针目1。

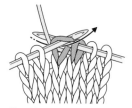

2 编织针目2。

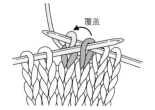

覆盖

3 将针目1覆盖在步骤2中已织的针目2上。

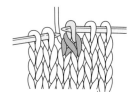

4 右上2针并1针完成。

⊡ 左上2针并1针

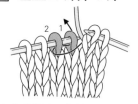

1 如箭头所示，按针目2至针目1的顺序插入右棒针。

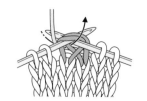

2 挂线后拉出。

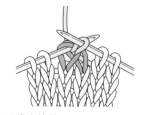

3 退出左棒针。

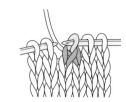

4 左上2针并1针完成。

⊡ 上针的左上2针并1针

1 如箭头所示在2针里一起插入棒针，编织上针。

2 上针的左上2针并1针完成。

⊠ 上针的右上2针并1针

交换位置

1 交换2针的位置，使右边的针目位于上方。如箭头所示插入右棒针，移过针目。

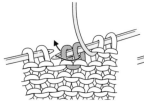

2 如箭头所示插入左棒针，移回针目。

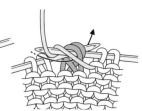

3 从后面插入右棒针，在2针里一起编织上针。

○⊠ 左上2针并1针与挂针

1 先编织左上2针并1针，然后挂针。

2 这就是左上2针并1针与挂针的组合。

⊠○ 挂针与右上2针并1针

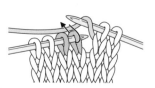

1 先挂针，接着在后面2针里编织右上2针并1针。

2 这就是挂针与右上2针并1针的组合。

1针的扣眼（单罗纹针）

第3行

1 在上针前面挂针，接着在后面2针里编织左上2针并1针。

2 挂针与左上2针并1针完成后的状态。

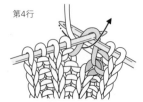

第4行

3 在前一行的2针并1针里编织上针，在挂针里编织下针。

4 从正面看到的完成状态。

中上 3 针并 1 针

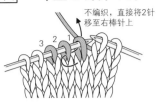

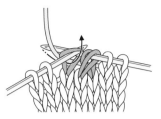

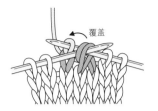

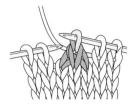

1 如箭头所示在右边的 2 针里插入右棒针，不编织，直接移过针目。

2 在第 3 针里插入右棒针，编织下针。

3 在刚才移至右棒针的 2 针里插入左棒针，将其覆盖在已织针目上。

4 中上 3 针并 1 针完成。

右上 2 针与 1 针的交叉（下侧为上针）

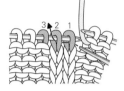

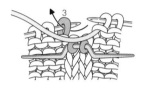

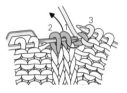

1 将右边的 2 针移至麻花针上。

2 将移过来的 2 针放在织物的前面。在针目 3 里插入右棒针，编织上针。

3 如箭头所示在针目 1、2 里插入右棒针，编织下针。

4 右上 2 针与 1 针的交叉（下侧为上针）完成。

左上 2 针与 1 针的交叉（下侧为上针）

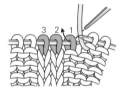

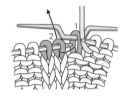

1 将右边的 1 针移至麻花针上。

2 将移过来的 1 针放在织物的后面。在针目 2、3 里编织下针。

3 如箭头所示在针目 1 里插入右棒针，编织上针。

4 左上 2 针与 1 针的交叉（下侧为上针）完成。

1 针放 3 针的加针

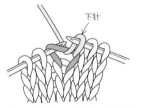

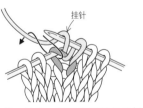

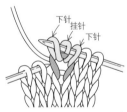

1 在针目里插入棒针，挂线后拉出。

2 不要从左棒针上取下针目。

3 挂针，再在相同针目里插入右棒针，编织下针。

4 1 针放 3 针的加针完成。

穿过左针的盖针（3 针的情况）

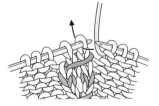

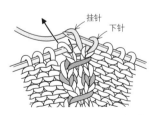

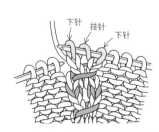

1 在第 3 针里插入右棒针，如箭头所示将其覆盖在右边的 2 针上。

2 在第 1 针里编织下针。

3 接着挂针，在第 2 针里编织下针。

4 穿过左针的盖针（3 针的情况）完成。

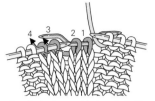 左上 2 针交叉

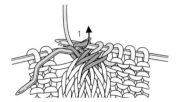 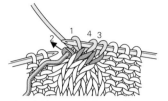 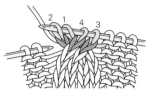

1 将右边的 2 针移至麻花针上，放在织物的后面，在针目 3、4 里编织下针。

2 如箭头所示在针目 1 里插入右棒针，编织下针。

3 在针目 2 里也编织下针。

4 左上 2 针交叉完成。

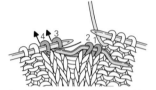 右上 2 针交叉

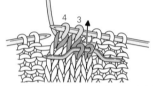 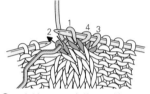 

1 将右边的 2 针移至麻花针上，放在织物的前面，在针目 3、4 里编织下针。

2 如箭头所示在针目 1 里插入右棒针，编织下针。

3 在针目 2 里也编织下针。

4 右上 2 针交叉完成。

●伏针

下针的情况　　　　　　　　　　　　　　　　　　　　　　上针的情况

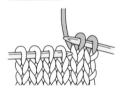 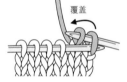  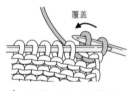 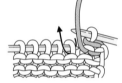

1 将边上的 2 针编织下针。

2 将第 1 针覆盖在第 2 针上。

3 编织下一个下针，再将前一针覆盖在已织针目上。重复以上操作。

1 将边上的 2 针编织上针，将第 1 针覆盖在第 2 针上。

2 编织下一个上针，再将前一针覆盖在已织针目上。重复以上操作。

单罗纹针的情况

  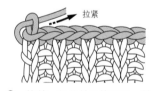

1 按前一行的针目，将边上 2 针编织下针、上针，然后将第 1 针覆盖在第 2 针上。

2 在下一针里编织下针，再将前一针覆盖在已织针目上。

3 按前一行的针目编织下一针，再将前一针覆盖在已织针目上。重复以上操作。

●在编织中途换线

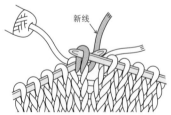 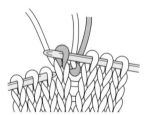 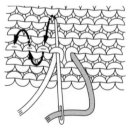 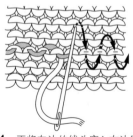

1 将前面编织的线放在织物的后面暂停编织，用新线开始编织。

2 在反面暂时将线头松松地打一个结。

3 做线头处理时，解开暂时打的线结，将右边的线头穿入左边针目的线里。

4 再将左边的线头穿入右边针目的线里，完成线头处理。

简单易行的尺寸调整方法

从领口开始编织毛衣的优势在于尺寸调整非常简单。
除了衣长，还可以轻松调整衣宽和袖长（连肩袖长）。

女性尺寸表（单位：cm）

标准尺寸	S	M	L
身高	150~155	154~160	158~164
胸围	78~82	82~86	86~90
肩宽	32~34	34~36	36~38
袖长	47~49	49~51	51~53

成品尺寸	S	M	L
胸围	92	96	100
连肩袖长（长袖）	67.5	69.5	71.5
衣长	51	53	55

※ 尺寸表仅供参考。本书作品是按一般的标准尺寸制作而成的，但是不同的设计，
需要加放的松量也不尽相同，请结合具体的作品进行适当调整。

●调整编织密度

使用与书中毛衣相同的线，只改变针号，按
相同的针数和行数编织就可以调整尺寸。这
就是所谓的"调整编织密度"。每变1个针号，
针目的大小就会变化5%左右。最适合单纯
想要放大或缩小整件毛衣的情况。

＊除了编织针的粗细，编织者手的松紧度也
会影响织物的密度。开始编织作品前，建议
用指定针号试编样片测量密度。另外，如果
使用比指定针号粗（或细）很多的针编织，
可能会破坏织物最后呈现的效果。调整针号
时，最多以指定针号±2号为宜。

●改变针数和行数调整尺寸

使用与书中毛衣相同的线和针，通过改变衣
宽和衣长等调整尺寸。这种情况下，一般按
相同密度编织。

[圆育克毛衣的情况]

想要编织比作品更大（或更小）的尺寸时，育
克仍按书中图解编织。

衣宽…通过腋下起针数的调整，达到想要的
胸围尺寸。此时，袖宽随着衣宽的变化自然
调整。

衣长、袖长…编织至想要的长度。

[插肩袖毛衣的情况]

想要编织比作品更大（或更小）的尺寸时，前
后差与腋下仍按书中图解编织。

衣宽…通过育克长度的调整，达到想要的胸
围尺寸。想要放大作品尺寸时，一边在插肩
线加针，一边延伸育克的长度；想要缩小作
品尺寸时，编织至所需尺寸即可中途停止。

衣长、袖长…编织至想要的长度。

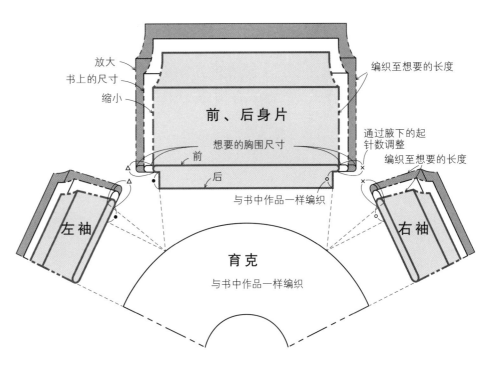

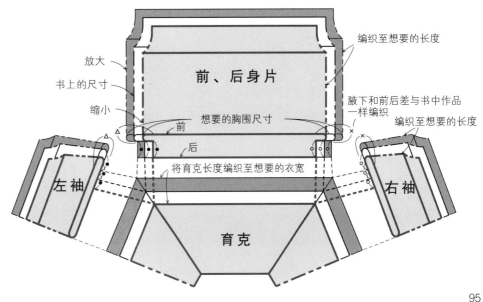

ZOUHO KAITEI BAN TOJI・HAGI NASHI NECK KARA AMU SWEATER（NV70657）

Copyright © NIHON VOGUE-SHA 2021 All rights reserved.

Photographers: Toshikatsu Watanabe, Mana Miki, Noriaki Moriya

Original Japanese edition published in Japan by NIHON VOGUE Corp.

Simplified Chinese translation rights arranged with BEIJING BAOKU INTERNATIONAL CULTURAL DEVELOPMENT Co., Ltd.

备案号：豫著许可备字-2022-A-0022

图书在版编目（CIP）数据

从领口开始的棒针编织 / 日本宝库社编著；蒋幼幼译. —增订版. —郑州：河南科学技术出版社，2023.8
（2024.3重印）

ISBN 978-7-5725-1213-1

Ⅰ.①从… Ⅱ.①日… ②蒋… Ⅲ.①毛衣针—绒线—编织—图解 Ⅳ.①TS935.522-64

中国国家版本馆CIP数据核字（2023）第092188号

出版发行：河南科学技术出版社

　　　　　地址：郑州市郑东新区祥盛街27号　　邮编：450016

　　　　　电话：（0371）65737028　　65788613

　　　　　网址：www.hnstp.cn

责任编辑：梁莹莹

责任校对：王晓红

封面设计：张　伟

责任印制：张艳芳

印　　刷：北京盛通印刷股份有限公司

经　　销：全国新华书店

开　　本：889 mm×1 194 mm　1/16　印张：6　字数：180千字

版　　次：2023年8月第1版　2024年3月第2次印刷

定　　价：49.00元

如发现印、装质量问题，影响阅读，请与出版社联系并调换。